U0102737

掌控边界

如何真实地表达自己的需求和底线

The Essential Guide to Talk True, Be Seen, and (Finally) Live Free

Boundary Boss

Terri Cole

[美] 特里·科尔 著

戴思琪 译

机械工业出版社
CHINA MACHINE PRESS

Terri Cole. Boundary Boss: The Essential Guide to Talk True, Be Seen, and (Finally) Live Free.

Copyright © 2021 Terri Cole. This Translation published by exclusive license from Sounds True, Inc.

Simplified Chinese Translation Copyright © 2024 by China Machine Press.

This edition arranged with Sounds True through BIG APPLE AGENCY. This edition is authorized for sale in the Chinese mainland (excluding Hong Kong SAR, Macao SAR and Taiwan).

No part of this book may be reproduced or transmitted in any form or by any means, electronic or mechanical, including photocopying, recording or any information storage and retrieval system, without permission, in writing, from the publisher.

All rights reserved.

本书中文简体字版由 Sounds True 通过 BIG APPLE AGENCY 授权机械工业出版社仅在中国大陆地区（不包括香港、澳门特别行政区及台湾地区）独家出版发行。未经出版者书面许可，不得以任何方式抄袭、复制或节录本书中的任何部分。

北京市版权局著作权合同登记　图字：01-2023-5942 号。

图书在版编目（CIP）数据

掌控边界：如何真实地表达自己的需求和底线 /（美）特里·科尔（Terri Cole）著；戴思琪译 . —北京：机械工业出版社，2024.6

书名原文：Boundary Boss: The Essential Guide to Talk True, Be Seen, and (Finally) Live Free

ISBN 978-7-111-75551-7

Ⅰ. ①掌… Ⅱ. ①特… ②戴… Ⅲ. ①心理交往 – 通俗读物 Ⅳ. ① C912.11-49

中国国家版本馆 CIP 数据核字 （2024） 第 076011 号

机械工业出版社（北京市百万庄大街 22 号　邮政编码 100037）
策划编辑：刘利英　　　　　责任编辑：刘利英
责任校对：曹若菲　薄萌钰　责任印制：常天培
北京机工印刷厂有限公司印刷
2024 年 6 月第 1 版第 1 次印刷
147mm×210mm · 9.25 印张 · 198 千字
标准书号：ISBN 978-7-111-75551-7
定价：59.80 元

电话服务　　　　　　　　　网络服务
客服电话：010-88361066　机 工 官 网：www.cmpbook.com
　　　　　010-88379833　机 工 官 博：weibo.com/cmp1952
　　　　　010-68326294　金 书 网：www.golden-book.com
封底无防伪标均为盗版　机工教育服务网：www.cmpedu.com

—

本书献给
来自世界各地的勇敢女性，
你们长久以来致力于建立
健康的人际关系和美好的生活。
本书专为你们所作。
我看见了你们，我很荣幸能够指引你们
踏上这场改变之旅。

献给我的此生挚爱
维克多·尤哈斯（Victor Juhasz），
你的坚定支持、爱意、非凡厨艺使得
本书的完成成为可能。

献给我的母亲
简·科尔（Jan Cole），
你一直相信我能做到。

一

如果
你做不到，
谁又能做到呢？

如果
不马上开始行动，
更待何时？

边界大师的权利法案

□ 你有权拒绝或接受他人而不必感到内疚。

□ 你有犯错的权利，有改错的权利，也有改变主意的权利。

□ 你有权为自己的喜好、愿望和需求与人协商。

□ 如果你愿意，你有权表达并尊重自己的所有感受。

□ 即使他人不同意，你也有权发表自己的意见。

□ 你有权得到尊重、体谅、关爱。

□ 你有权决定谁能够走进你的生活。

□ 你有权表达自己的边界、底线、无法接受的事物。

□ 你有权优先考虑自我关怀，不必认为自己自私。

□ 你有权说真话、被看见、做自己。

BOUNDARY BOSS

引 言

你是否曾在想说"不"的时候说了"是"？

你是否将他人的需求或愿望置于自己的需求或愿望之上？

你是否经常觉得自己在生活的各个方面都应该做得更多？

你是否过于关注所爱之人的决策、感受和经历？

你是否对寻求帮助非常抗拒，最后总会亲自完成大部分事情？

如果这些问题中的任何一个引起了你的共鸣，那么你就是一个倾向于过度付出、过度给予、常常精疲力尽的人，本书正是为你量身打造的。

拥有健康而稳定的个人边界是过上充实、有力量、自主生活的关键。作为一名注册临床心理咨询师，根据我过去23年的个人和职业经验，我认为事实就是如此。每个走进我咨询室的来访者，从年轻时尚的杂志编辑，到40多岁的郊区妈妈，再到离婚的首席执行官，都有着不同的问题：出轨的伴侣、专横的老板、家庭关系一团糟，等等。然而，在每个来访者的痛苦背后，都有着同样的问题：缺乏健康的边界。幸运的是，学会建立和维护良好的边界正是缓解这种痛苦的方法，而且是完全可行的。

请注意：如果你在这个至关重要的技能方面有所欠缺，那么你并不孤单。我猜你在学校和家里都没有学过关于建立健康边界的知识，你怎么可能知道从未有人教过你的东西呢？

期望在没有任何指导的情况下掌握健康边界的语言，就像认为自己只要足够虔诚地祈祷，就能一觉醒来讲一口流利的俄语或其他任何语言一样。这是不可能的。你可以把这本书看作一门建立有效边界的语言强化课程，通过不断学习和付诸实践，你一定可以熟练掌握它。当你做到这一点时，你生活的各个方面都会焕发光彩。你将在人际关系中变得更加自信，尤其是与自己的关系。事实证明，与自己之间的关系是最为重要的关系。

本书是一本精心设计的指南，可以帮助你良好地掌控边界。一位能够良好掌控边界的女性会：

- 对自己有深刻的了解，知道自己混乱的边界模式是如何形成的，以及它们正在如何阻碍自己前进。
- 知道如何识别和转化任何阻碍自己走向真正内心向往以及目标的行动障碍。
- 说实话，这是创造自己想要的和应得的生活的唯一途径。
- 从现在开始，致力于自己的成长。

（本书是专为女性编写的，但我相信任何人都可以从书中的策略和内容受益。根据我的经验，边界问题能够跨越所有性别表达。）

为了使你的行为与真实愿望保持一致，我们将花一些时间清理你的"心灵地下室"，即你的潜意识，那里储藏着你的信念和经历，你把它们整齐地收起，很快就忘记了（至少是在意识层面）。"心灵地下室"的杂物会以你无法完全意识到的方式塑造你的生活。当它产生影响时，你通常会发现，自己的反应变得过于激烈，比实际情况夸张得多。或者你的行为会违背自己的最大利益或更好的判断。事后，你可能会想，这到底是怎么回事？你可能会无意识地忽略自己的直觉和身体所发出的信号，试图避免不适，这是人类的一种本性。如果你正在与现实生活中的问题纠缠，我向你保证，清理你的"心灵地下室"能够让你发现许多信息，帮助你走上自由之路。

抗拒重温过去的经历是正常的。起初，我的许多来访者都对我的提议有所抵触，不愿意与我一同前往"心灵地下室"，他们说：

"那是很久以前的事了，我早就应该忘记了。"

"我不想责怪我的父母。"

"我有一个快乐的童年！"

如果我可以在不探索"心灵地下室"的情况下帮助你掌控边界，我肯定会这么做。（需要说明的是，我们的探索过程并不包括指责任何人。）好消息是，我将在整个过程中指引你，牵着你的手，用我的头灯照亮前行的道路。你可以的，我会一直支持你。

为了让你学会掌控边界之道，让我们花些时间了解一下，我们学习、改变的过程都包含什么，以及为什么它很重要。

建立和维护健康的、充满活力的、灵活的边界，这样才能拥有令人满意的生活。没有健康的边界，这个目标无法达成。我对此深信不疑。

对于那些一直处于无意识的行事状态或喜欢取悦他人的人来说[1]，这可能是个坏消息。你将不得不放慢脚步，走出你的舒适区，去了解、表达和保护真实的自我。（你是否在想：真实的自我？那到底是什么？）但当你在建立边界和表达真实自我方面变得更加自信时，你将对你的真实自我拥有更为深入的了解和欣赏（她没准儿是个十足的摇滚明星）。而那些看起来像是坏消息的事情，也将变成机遇。

不健康的边界模式往往源于对责任的混淆。比如，我们可能认为，我们有责任缓和他人的痛苦或冲突，而实际上，他人的情感体验和情感问题绝对是要由他们自己来处理的，那是他们自己的责任。本书关注的全然是你和你的责任。

当你明确了自己需要处理的事情时，改变的过程将变得更加容易。专注于练习这些技术是习得它们的前提条件。要实现改变，你必须愿意尝试新的方法。这个过程需要努力，而一切都是值得的。我为你感到骄傲，你能够创造一种令自己激动的生活，并满足真实自我的渴望。我有许多学生和来访者都取得了成功，因此我毫不怀疑，你也能够做到。

本书的展开方式

在本书的第一部分，我们将收集你的信息，并请你对自己生活的各个方面进行诚实的审视，觉察可能导致混乱边界模式的特定生活经历、影响、错误信息。我们将探索你的边界蓝图，来分析你目前有意识或无意识建立的边界模式。它们受到你在成长过程中所习得的经验的影响，包括你的教养方式、在原生家庭中的观察，以及所处文化中的社会规范。许多人发现，这个探索的过程能够真正地解放自我。一些行为的习得并非你的过错，但现在把它们搞清楚确实是你的责任。有了正确的工具和指导，你就有了重新构建边界蓝图的力量。

在第二部分，我们将进入熟练掌握边界语言的阶段，并依据新的觉察采取一些小的行动。所有的工具、策略和脚本都可以根据你的个人风格和舒适程度进行定制，适用于所有人的边界策略并不存在。你是独一无二的，因此你的边界模式以及表达自己喜好和底线的方式也是独特的。

本书还涵盖了逐步制定主动式边界策略的过程，这些策略是将边界行为从被动式转变为主动式所必需的。我们将讨论，如何应对那些在你明确表达了边界后仍试图侵犯它的人，我们还将讨论规则不适用的情况，特别是在与侵犯边界者、自恋者、其他难相处的人打交道时。在整个过程中，我将一直陪伴你，作为你富有同情心、充满爱心（而且非常厉害）的向导。

在这段旅途中，你将与你的内在小孩建立联系，这是你在童年时期没有得到满足的那一部分。在我成为一名咨询师之前，当我第一次听说"内在小孩"的概念时，我觉得这是在胡言乱语，这听起来太过珍贵、脆弱，像是魔法世界中的想法。然而事实上，未解决的童年创伤确实会对我们当前的人际关系产生负面影响。随着时间的推移，我逐渐发现，我们的内在小孩需要以一种非常真实的方式得到照顾（详细内容请阅读第 8 章）。你现在需要做的就是接受这样一个想法——你对自己当前生活事件的反应可能是由 5 岁的你驱动的。你会让一个 5 岁的孩子为你的婚姻或家庭做出重大决策吗？你会让一个 5 岁的孩子决定你的职业发展吗？不会。

这就是我们需要用同情心对待自己的地方。只有这样，我们才能发展出扩展的意识，觉察到功能失调的行为。在自己"心灵地下室"的各个角落探索，探寻可能令人感到不安的记忆，这是我们的旅程中必然要经历的，但请放心，我们的目的并不是沉湎于过去。如果你将足够多的点滴串联，会有一些事件或经历引起你的关注。识别原始的伤害能够帮助你承认、应对和尊重自己内在小孩的经历。了解自己的早期经历可以对你现在的生活产生深远的积极影响。

为了提醒你用同情心对待自己，本书第 6 章提供了一个策略，帮助你觉察自己的内在小孩何时可能被激活，这样你就可以放弃旧有反应，从一个成年人的角度做出对自己最有利的回应。这被称为三阶段策略（识别—释放—回应）。

像之前的许多来访者和学生一样，你被这一过程揭露的本性会激发你的一系列情感——希望、疲惫、焦虑、兴奋。有时你可能觉得自己很自私，特别是当你要改变人际关系中的一些默契与约定，优先考虑自己感受的时候。对一些人来说，改变边界模式的想法会激发他们的恐惧、愧疚、差耻感。我会被我所爱的人嘲笑吗？我单方面地改变了我们的交往规则，这是否在拒绝他们？

在你掌握这个技能的过程中，请记住，真正的、可持续的改变是逐步完成的，而不是一蹴而就的。你将通过一步一步地做出正确的行动，来学会如何改变，并转变自己的行为。从本书第一部分（信息收集）到第二部分（将信息转化为新的行为模式和决策）有着起伏很大的学习曲线。因此，在摆脱根深蒂固、自我破坏的态度和行为的过程中，耐心和自我同情是你的好伙伴。

当你回顾自己在建立边界方面的失策时，你可能会感到尴尬、遗憾、差耻。请对此多多理解，因为你过去的行为并不能反映你是谁，它们只是在传达你当时所知道的东西。本书以及你的个人转变过程都处于没有评判的地带。如果有时候你觉得自己一团糟，那就庆祝一下。你正在做一件 80% 的人永远不会做的事情。再说了，你也是人，放自己一马吧。

不过，有一件事你需要了解：你负责编写关于自己的说明书。你遇到的每一个人都会"阅读"这本说明书。如果你觉得自己受到轻视、低估，或者他人把你的付出当作理所当然，那就意味着你需要重新编写你的说明书了，你要在编写的过程中为自己和他人设立更高的标准。你完全可以做到这一点。

为了实现目标，我建议你在家中构建一个安全而舒适的空间，在那里你可以关注自己的内心世界，我称其为冥想空间。你的冥想空间是一个理想场所，用来冥想、写日记、进行整合训练，接下来你将了解到更多关于这方面的信息。

如何使用本书

不管你有怎样的阅读风格，我都要直接告诉你：本书应当按照章节顺序进行阅读。为什么？因为每一章都是在前一章内容的基础上展开的。

为了帮助你应用所学知识，本书每一章都提供了一些建议、自我评估和练习。这些都是我在与来访者和学生互动中使用的方法，它们对于你实现自己期望的目标是必不可少的。

真诚交谈：在每一章中，我都会回顾关键概念，帮助你顺着正确的学习方向前行。

审视自身：快速、即时的自我评估可以帮助你将所学知识为自己所用，立即应用于你的个人经历。

将掌控边界付诸实践：在每一章的结尾，我提供了两个主要方法，帮助你将新知识付诸实践。"保持觉察"部分提供了一些方法来增强你的自我觉察。"深入挖掘"部分（在本书末尾也提供了这一内容）提供了一些整合练习，帮助你创造可持续的改变（不要跳过这些）。偶尔我还会给出一些建议来激发你的灵感。

我给出的建议是什么？按照自己的节奏前进，取其精华，弃其糟粕。当情况开始升级时，放慢速度，冷静下来，深呼吸。想一想你所学到的技能，使用它们。给自己留出一些空间和时间，准备好了再继续回来学习。针对我们内心的工作可能会引发我们强烈的情绪，关注并倾听它们，同时问一问自己：我是否需要

- 休息一下？

- 散散步？
- 给朋友或专业人士拨打电话？

保证你的心理健康和情绪安全是你的责任，它们必须永远是你的首要任务。因此，在我们的整个旅程中，请照顾好自己。我承诺，如果你将所学知识付诸实践，你将在自己的生活和人际关系中看到并感受到积极的成果。

虽然掌握边界技能需要时间，但建立和执行它们不需要时间。如果你一直坚持下去，到本书结束时，你将具备相应的技能和才智；你会逐步清除影响自己边界行为的错误信息；你会将局限性的、习惯性的思维模式转变为有力的、正念的信念和行动；你将为积极的、持续的改变铺平道路，为所有的人际关系带来更多满足、自信、平和。而这些都将基于你真正的愿望，而非你所习得的某些无谓的东西。你获得的自我认知将深刻地影响你未来的生活。

将这本书看作我对你爱的馈赠。在过去的二十多年里，我目睹了这个过程如何改变人们的生活，它使得健康边界的理论和实施变得容易而有效。在我自己和来访者的生活中，我每天都能看到实实在在的成果。迄今为止，我已经引导来自世界各地的数千名女性，以她们自己的方式成为掌控边界的大师。我的人生使命是引导你过上只有你自己才能过的独一无二的、充满力量的生活。

你准备好了吗？让我们出发吧！

BOUNDARY
BOSS

目　录

引言

|第一部分|　回忆过去的边界问题

第 1 章　**走出边界感不清晰的困境** /2

隐藏自己的真实感受 /6

努力解决自己的不健康边界问题 /9

每个人都需要建立健康的内在边界和

自我关系 /11

逐步建立更为健康的边界 /12

从建立自我边界到帮助他人解决边界问题 /15

现在就是你改进边界管理技能的时刻 /17

第 2 章　**你的边界基线在哪里** /23

什么是个人边界 /26

旧的边界模式会不断重演 /31

女性权益的演变直接影响着我们的

边界意识 /34

你的边界管理技能是可以提升的 /37

第 3 章　**过度承担责任** /40

你是过度承担责任的人吗 /42

过度承担责任者的常见行为 /49

为什么你没有建立健康的边界 /56

通过有效沟通建立健康的边界 /62

在生活中进行积极的改变 /65

第 4 章　**弥合边界信息残缺问题** /69

解锁根深蒂固的想法和信念 /71

你在不健康的行为模式中获得了什么 /75

改变无意识的不健康行为模式 /78

混乱边界模式的常见表现 /80

拆解为自己编织的谎言 /91

将不健康行为模式转变为有意识的选择 /93

第 5 章　**消除限制性信念** /96

阻碍我们过上更好生活的负面信念 /97

不健康边界模式的重演 /104

增强你的觉察能力 /112

| 第二部分 | 创造新的行为模式

第 6 章　**用三阶段策略建立新的行为模式** /118

　　改变长期存在的行为模式 /121

　　了解自己的喜好、愿望和底线 /128

　　学会使用三阶段策略 /133

　　完全掌握边界技能前的警告和鼓励 /137

第 7 章　**主动建立边界感** /141

　　双方默认的边界 /143

　　建立健康的内在边界 /147

　　阻碍建立边界的策略 /152

　　制定主动式边界策略 /158

　　熟练掌握边界语言 /162

第 8 章　**改变开始真实发生** /170

　　前进两步，后退一步 /171

　　与他人坦诚地交流自己的愿望、喜好

　　和底线 /185

　　清醒地审视自己过去的行为 /189

第 9 章　**摆脱边界破坏者** /195

　　当正常的规则不适用时 /197

　　不要成为边界破坏者操纵的目标 /200

　　边界破坏者的心理操纵策略 /202

　　与边界破坏者保持距离 /209

降低边界破坏者对你的伤害 /211

第 10 章　　**常见边界模式：情境与脚本** /219

使用三阶段策略来有目的地交流 /220

边界脚本入门 /222

应对各种边界挑战的对话示例 /232

拥抱真实的自己 /236

第 11 章　　**掌控边界后的生活** /239

练习自我爱护 /240

与他人保持真实的关系 /245

改变自己永远不晚 /249

深入挖掘 /254

致谢 /270

注释 /273

BOUNDARY BOSS

第一部分

回忆过去的边界问题

第 1 章

走出边界感不清晰的困境

在我二十几岁的时候，我当过 8 次伴娘，整整 8 次。

我本应婉拒其中至少一半的伴娘邀约，不必穿那么多次难看的伴娘服，但我总是不知道该如何拒绝，我不会说不，也不会说："我真的很想去现场祝福你遇到真爱，但我那天有点急事要处理。"（当时我只是一个努力在纽约打拼的 22 岁姑娘，穷到连地铁费都要负担不起。）我哪里有钱和当服务员时认识的女孩一起参加婚礼派对呢？而事实是，我对令准新娘失望的恐惧远远多于我银行账户的微薄余额。我不想他人觉得我粗鲁、冷漠、（或者最为糟糕的）不"友善"。如果我说不，我就是在拒绝"自己被选中"这一特权。我有资格这么做吗？

在这种恐惧的驱使下，我花费了大量负担不起的钱（信用卡债务），与一些我压根儿不会邀请他们来参加我乔迁派对（如果我有房子的话）的人聚会。不出所料的是，很快我就感到负担沉重、心生埋怨。这些隐秘的情绪会在我参加单身派对、活动晚宴，或者突然瞥见挂在衣柜最里面的那件 20 世纪 80 年代垫肩款湖蓝色礼服时突然涌现，我绝对不会再穿那些礼服了。这一切是为了什么？我为了自己的面子而不能说出自己的真实想法？回顾过去，我只能说："去你的吧！"

许多女性面临的一个更大问题是不健康的边界，我一再担任伴娘的状况只是它的一种表现。确实，人们在自己的各个生活领域建立、执行、维系健康的边界异常困难，这几乎已经成为一种当代流行病。不健康边界的代价是巨大的，它引发重重的矛盾，令人际关系失衡，让人丧失对自己时间的把控，总的来说就是令人深感不适。你有多余的时间应对这些生活纷争吗？你没有时间。

当我处于边界混乱的状况中时，我对令他人失望的恐惧会影响我的基本常识判断（也许你也是如此）。我本可以做出不同的选择，本可以在花费自己宝贵的时间和金钱等方面建立边界，我本可以说："谢谢你，但我不想去，那件伴娘裙很糟糕。"可以这么说，我有很多选择，但有一个巨大的障碍阻碍了我建立边界：我甚至不知道自己拥有选择权。

无论你现在的生活处于何种境地，你都拥有选择权。

在过去的 20 多年里，我作为一名注册临床心理咨询师，主要为具有各种边界问题的女性来访者提供帮助。从不稳定到过于灵活，再到不够灵活，她们的边界在某种程度上来说是混乱的。有些来访者非常独立，她们自给自足，从不要求也不允许他人帮助自己做任何事情。她们会阻止出租车司机帮自己把沉重的行李箱搬进后备箱，阻止杂货店的打包员帮自己打包商品（这些事情实际上属于店员的工作职责）。她们会说："我自己来吧，谢谢你。"还有些人会强迫性地取悦他人，而因此牺牲自己的幸福；或者过度付出，来让身边的每个人（甚至是自己不怎么喜欢的人）开心，这可能表现在，她们会在想说"不"的时候说"是"，比如同意再次协助筹办孩子学校的筹款活动，尽管自己当时工作很忙，还在清理即将出售的房子。

审视自身：你有着怎样的边界感

以下是一些常见的边界问题，看看是否与你的情况相符。

☐ 你是否曾在自己内心想要拒绝时接受他人的请求？"没问题，我会出席的（尽管这意味着要完全放弃自己的需求）。这听起来很棒，我已经迫不及待了！"

☐ 你是否会为了他人而给自己添许多麻烦？"当然，我愿意帮你照看猫咪一周时间，这样你就不用花钱把它送去宠物店了！"（尽管去布鲁克林喂猫一趟会让你的通勤时间增加一个小时，而且朋友的猫咪讨厌你，你也不得不承认，你也讨厌他的猫咪。）

☐ 如果你看不惯某个朋友的言行举止，你会选择故意躲开他不和他讲话吗？"哦，我很想见你的，但我的工作太忙了！"（尽管你总是有时间见你的那些情绪稳定的朋友。）

□ 你是否会以带有侵略性的消极方式来表达自己的愤怒，而不是平静地表达自己的感受？"算了，随你怎么安排吧。你上次说完之后，我都已经完全改变了自己的计划。就这么着吧！"

□ 你是否格外自给自足，所有事情都要自己一个人完成？"我自己可以搞定的！"（尽管你现在筋疲力尽、心情糟糕，已经想出了好几个可以提供帮助的人，你也曾经对他们慷慨相助。）

如果你在这些不健康边界的例子中看到了自己的影子，请不要担心，你并不孤单。我们正在收集关于你的边界状态的个性化信息，希望能够帮助你明确需要努力的方向。

有人也会邀请酗酒的表亲来参加自己的生日聚会，尽管非常清楚这会导致朋友们最后不欢而散。根据我的专业背景和个人经历，我真的非常理解这一点——"不"这个词看似非常简单，但对很多人来说，它是最难说出口的一个词。无论我们在社交媒体上看到多少激励性的话语，比如"'不'是一个完整的回答"或者"姑娘，你能够做到的"。我们都能感觉到，在我们已经常态化地处于不健康边界的状态下，了解和表达真实的自我实际上要困难得多。

不健康的边界令人筋疲力尽，它会制造许多耗费我们时间和精力的生活纷争。你可能已经感受到，在自己的生活中，你费了很多力气不断扑灭"火源"。然而，陷入不健康的边界状态中，我们通常无法意识到，是自己在无意中点燃这些"火源"的。要避免这些干扰分散我们的注意力，我们必须回忆一下最早产生影响之处——可以说是回顾犯罪现场——那里是我们最初受到伤害和形成习惯的地方。

让我们一起回顾过去，弄清楚我们最初受到的伤害如何催生了不健康的边界和自我制造的冲突。我将分享自己的故事——我如何从边界新手成长为边界技师，最后成为良好掌控边界的大师。我希望你能从我的故事中看到自己的影子，我相信你也可以用自己的方式踏上成为边界大师的旅程。

隐藏自己的真实感受

我在很小的时候就已经从两个人那里了解到，什么是混乱的边界和无效的沟通，他们养育自己孩子之前的人生阅历非常有限。母亲在怀上我最年长的姐姐那年只有 19 岁，刚刚作为大学新生体验了 3 个月的大学生活。她在怀孕之后选择了永久性辍学，在纽约市格伦福尔斯一所教堂后的办公室与我父亲成了婚。在不到 6 年的时间里，他们又生了 3 个女儿，我是其中年纪最小的一个。

我们在新泽西的郊区长大，父母各自扮演了非常传统的角色。我们的父亲是整个家庭的经济支柱，他是一位高层管理人员，标准白领，周末打高尔夫，常常喝酒（在马提尼上的消费简直达到了《广告狂人》的水平），希望在自己下班回家时餐桌上已经摆好了晚餐。我们的母亲是一位充满爱心、同情心和保护欲的全职妈妈，她抚养我们几人长大，也给予我们的很多朋友许多关爱。我们的父亲负责挣钱，母亲负责处理其他一切事务，包括打理家务和让我们幸福成长。

我们的家庭，同许多家庭一样，是缺乏沟通、情感功能失调的风暴中心。我们的父母的原生家庭都不会公开讨论痛苦和问题。这正是许多问题的核心所在：无效的沟通技巧导致了薄弱而混乱的边界建立技巧。

尽管父亲并没有暴力倾向和虐待倾向，但我们都害怕违背他的命令。母亲总是小心行事，不惹父亲生气。除非我们闯了祸，否则我和姐姐们很少能听到父亲低沉的嗓音。在我 13 岁那年，父亲和母亲离婚了，在此之前我们和父亲之间的交流可能总共没超过一百个字。

总的来说，和父亲之间沟通的不足导致了我们无法在情感上依赖他。即使父亲在场，他也没在陪伴我们。"嘿，体育迷们！"这句话意味着父亲现在要开始接管电视，观看高尔夫比赛了。而我和姐姐们可能正在全神贯注地观赏电影《油脂》（ Grease ），就剩最后 5 分钟了（想象一下，就在奥利维亚·纽顿 – 约翰从乖巧女孩变成性感女郎的时候），当听到他"体育迷们"的指令时，我们就知道自己只能给出一个回应："没问题，拜拜！"我们都不喜欢不能看完电影这件事，但我们表现得一点儿也不介意。我们根本就没有真实表达自我的选择。

一个家中最有影响力的规矩往往是那些没有明说的事情。比如，在我家，父亲和母亲之间有一个彼此默认的关系模式：父亲是家里的经济支柱，母亲是家里的滋养者和管理者。然而，我家最为重要的一条大家默认的规矩，其实是禁止直接表达愤怒。就像我能感觉到，充满活力的母亲非常害怕在父亲面前闯祸，我也本能地知道表达自己的愤怒是家中的禁忌。

人类，甚至是小孩，都天生会降低自己暴露在危险中的概率。我童年的经验教会我自发地审时度势、看人脸色，以便判断威胁的程度，避免冲突的发生。任何人的愤怒都可能是一种威胁。我像姐姐们一样，尽量避免惹恼父亲，也不会表达出自己的真实感受。然而，各种情绪并不会因为无法被整个家庭接受而瞬间消失，它们会如暗流涌动，这种状态并不好。

在家里，我们4个十几岁的女孩会通过"砰"地关上门、说坏话、父母不在家时偶尔打架来发泄压抑的愤怒。我的姐姐们也通过离家出走、交往糟糕的男朋友来排解自己的愤怒（以及整个家庭的隐秘情感），尽管这些方式都是间接的。每每遇到这些情况，我都会亲眼目睹父亲的厌弃和母亲的痛苦，这给我留下了深刻的印象，我发誓自己永远不要成为父母痛苦的来源。不过这并不代表我没有做过那些事，实际上我也做了一些，只不过我总能确保自己不被发现。

渐渐地，我学会了隐藏自己的真实感受，我适应性地将它们转化为令人更好接受的情绪（比如，将愤怒转化为悲伤），并忽略自己的直觉。这种策略令我不必遭受他人的厌弃，还缓解了我对被踢出家门的原始恐惧（如果我胆敢违反整个家庭默认的那些规矩）。而当我离开家上大学时，我不健康的沟通方式、边界混乱的问题、漏洞百出的应对技巧瞬间充斥了我的全部生活，我陷入了一场彻头彻尾的边界灾难。

审视自身：你的禁忌情绪有哪些

勾选那些在你的童年时期遭受禁止、惩罚的情绪。

☐ 快乐：喜悦，满足，幸福
☐ 悲伤：失望，绝望，不感兴趣
☐ 恐惧：不安全，受威胁，战斗／逃跑／冻结反应
☐ 厌恶：反感，反对，拒绝
☐ 愤怒：敌意，急躁，挫败感

要成为掌控边界的大师，你必须允许自己感受所有的情绪。这要从能够觉察到你不愿体验的那些情绪开始。

努力解决自己的不健康边界问题

成年后，我不健康的边界模式仍在继续。我成了不直接沟通的高手，总是运用讽刺、冷眼相待、偶尔使用带有敌意的谎言来与人交流，比如："我说过了，我很好！"（这听起来熟悉吗？）我还精通隐秘的操纵之术，那些遭受我操纵的人（通常是我的男朋友）从未意识到，在我们相安无事的状态背后，我有着自己的秘

密计划。隐秘的操纵确保我得到认可，避免冲突，让对方感到快乐。与此同时，我在背后想做什么就做什么，比如和姐妹们一起在城里的俱乐部狂欢（并"忘记"向男朋友提及这件事情）。试图控制他人、控制情境是为了获得安全感，直到这个策略不再起作用为止。在经历了长期与真实表达自我做斗争的童年后，我在大学找到了心理咨询师的工作，并在过去的 30 年里一直担任这一角色，这并非巧合。

**真诚
交谈**

　　无效的沟通技巧会导致边界技巧薄弱或混乱。

　　在我开始接受心理咨询之前，我从来没有听说过"边界"这个词。我根本不知道，我与设立界限之间的混乱关系影响了我生活的方方面面，包括人际交往、与人沟通，等等。大学可能是一段即使不喝酒的人也会开始酗酒的时期，因此到了大学四年级，我已经拥有了很多醉酒后呕吐、昏睡、断片的经历。我父亲的酗酒行为已经为我们"树立了榜样"，我沉迷玩乐、失去控制的姐姐们也效仿了他，一到 14 岁，我也开始和她们一起喝酒。因此到了上大学时，我以为自己常在酒后做出一些奇怪行为是正常的。然而，我的心理咨询师贝弗并不这么认为。

　　在几周的心理咨询中，我曾经轻描淡写地提过几次我在酒后的"壮举"，然而贝弗突然对我说了一句震撼我的话："你需要注册参加 12 阶段酒精戒断治疗，否则我将不得不终止我们之间的治疗关系。"等一下，什么？我的咨询师要抛弃我吗？

尽管我对她这一最后通牒感到震惊，但我对寻求帮助所产生的本能反应让我更加惊讶：我感到全身都放松了。我松了一口气，非常放松。在内心深处，我早就想要戒断米勒淡啤酒了（别嘲笑我！这是我上大学时常喝的酒）。酒精阻碍了我的成长和幸福。只要我还在试图用喝酒来摆脱自己愤怒、悲伤和恐惧的情绪，我的自我抛弃行为就会一直出现。在大学四年级的最后三个月，我戒了酒。

每个人都需要建立健康的内在边界和自我关系

戒酒让我感受到了什么是健康的内在边界。内在边界指的是你调节自己与自己间关系的好坏程度（更多内容请参阅第 7 章）。比如，你是否会首先倾听自己的需求？你是否对自己的行为负责？我在人生中第一次真正开始审视与自己之间的关系，我之前甚至不知道与自己建立关系是一种可能。

我之前也没有意识到，要在与他人的关系中建立健康的边界，我需要在建立内在边界和自我关系方面多下功夫。现在酒精不再模糊我的观点，我开始向自己提一些复杂的问题，比如：

- 我是否对自己信守诺言，对自己做出的承诺负责？（并非如此。）

- 我是否对自己生活中的他人信守诺言，总能完成我说过要做的事？（并不总是。）
- 我在自律、时间管理、冲动控制和情绪调节方面的能力如何？（需要改善。）

我当时 22 岁，未来还有很长的路要走，但这件事让我感到，我在人生中第一次睁眼看世界。心理咨询给我带来迄今为止最深刻的顿悟：无论这一生我拿到了什么牌，我都不仅可以要求换一手牌，还可以自己创造一场全新的游戏。

这种认识激发了我的想象力和自我转变。

我开始对自我探索和个人提升充满热情，在毕业后的几年中，我继续向我的第一位心理咨询师贝弗寻求帮助。每周一晚上，我会准时从纽约宾夕法尼亚州车站搭乘晚上 7 点的小火车去往她生活的长岛小镇，大约午夜才回到我的公寓。我每周所做出的这一努力非常直接地反映了我的信念：如果我坚持自我探索、自我疗愈的道路，我的生活就会越来越好。是的！我可以选择以更有力量的方式生活。当然，对于在日常生活中准确地做好相关的准备，我仍然还有很长的路要走。

逐步建立更为健康的边界

25 岁时，我第一次真正地开始了自己的职业生涯，在娱乐圈这个光鲜亮丽、边界模糊的世界担任一名经纪人。这个世界可并非心理健康的温床，平常商业世界中明确的规则在这里不复存在。与选角导演和客户在工作之余进行社交和聚会是我工作职责的一部分，这模糊了个人与职业之间的边界。尽管我一直坚持不沾酒精并接受心理咨询，但我在建立边界方面仍然是个新手。

然而，我还是坚持不懈地练习我那并不稳定的边界建立技能。"你不能因为助手忘了准备气泡水放在你的更衣室，就在凌晨 3 点给我打电话。"我已经开始理解，实际上，我可以选择他人对待我的方式，无论是在工作中还是在个人生活中。

虽然我的掌控边界技能还需要不断提升，但这并没有阻碍我实现自己的抱负。我的职位一直稳步上升，5 年后我成了一家跨境演艺代理公司的纽约部门负责人，曾为一些超模和名人代理价值 5 位数甚至 6 位数的合同。我真的很棒，对吧？然而我的感受并非如此。

在华丽的头衔背后，我的现实生活是痛苦的。我变成了一个压力重重的工作狂，晚餐常常只吃一杯冻酸奶了事，每当有生活纷争爆发时（几乎整天如此），我就得抽上一根百乐门香烟。除了管理客户的职业生活外，我还常常卷入他们的个人生活纷争。我还觉得自己有责任照料下属、亲密朋友和家人的生活。我总是下意识地觉得他们的问题应该由我这个已经负担过重的人来承担。我为每个人提供非正式的心理咨询，甚至包括正在经历感情危机的邮递员。与此同时，我的个人世界混乱无比，尽管我的外在看起来很好。

当我无法再否认自己更想让模特们进行康复训练、接受心理咨询、参加进食障碍诊疗，而不是为他们谈好一份有利可图的广告交易或电影合同时，我到达了崩溃的边缘。我已经从重视利益转变为重视人。我需要勇敢地进行职业转变了。

我希望能够成就一番事业，与不断成长的真实自我始终保持一致，因此我申请了纽约大学的社会工作硕士课程。尽管如此，我还是无法放弃我的日常工作。在全日制上学的同时，我仍然在远程负责精英模特公司电视部门的工作，并在纽约大学蒂施艺术学院兼职教授表演课程。兼顾研究生院的学习和两份职业工作，要求我每天甚至每小时都要坚定地运用我一直在学习的边界技能。

要想成功成为一名教师，我必须非常清晰地制订我的课堂计划（明确的边界/限制/期望），并加以执行（不许取悦他人）。在研究生院的学习要求我进一步巩固戒酒初期显现出来的内在边界（遵守对自己许下的诺言）。这意味着关注并优先考虑自己的需求、喜好和愿望，以及自己成功所需的事情（坚持原有日程安排不变，谢绝一些邀请，不要动不动就为身处危机的朋友或家人放下自己的一切事情）。

更为健康的边界还意味着我必须对自己的工作进行合理分工。对于一个刚刚康复的控制狂来说，这一点尤为困难。

真诚
交谈

改变你的边界行为能够帮你认识到，你拥有的选择范围比你现在能够意识到、能够行使的更为广泛。

两年后，我从研究生院毕业了，我在很多方面都感到成就满满，尤其是在我新发现的建立边界的智慧方面。当时我 33 岁，我对自己在边界建立和人际沟通方面取得如此大的进步感到非常自豪，但我并不知道我的生活即将迎来一场最大的边界考验。

从建立自我边界到帮助他人解决边界问题

正当我开始人生新篇章时，这个世界给了我一记双重打击，让我开始重新审视一切：我的父亲突然离世，紧接着，我确诊了癌症，之后我经历了两场大手术和放射治疗。这一切都发生在同一年。

在我 30 出头的年纪，失去父亲和直面生死这两件大事引发了一场重大的自我反思。

尽管我接受了多年的心理咨询，但我仍然挣扎于应对他人对自己的依赖关系，这是一种根深蒂固的习惯，我常常将他人的问题当作自己的问题，这绝对是边界混乱的结果。当然，我已经学会对某些邀请说不（我现在再也不会勉为其难地当伴娘了），但是我还没有完全审视，当我把他人的需求始终置于自己的需求之上时，自己的内心发生了什么。

我多年来以他人为中心的生活方式终于使我付出了代价。这种慢性压力在无形之中威胁了我的生命健康，我需要一个喘息的空间。为了获得这个空间，我必须深入了解自己是如何逐渐开始为每个人和每件事负责的。我记得在等待医生的诊断结果时，我对自己说：我还有很多东西要学，很多事情要做，我真希望我的生命不要这么快走到尽头。

那一刻就像是房间里的灯突然亮了。我确实明白一个人可以选择如何对待他人和自己这个道理，但我需要比以前付出更多努力来做出这些选择。我必须这样做。这个顿悟成了我成为边界大师的最后推力。如今，我把自己从改变职业到癌症康复的这段时间看作是自己的边界训练营。在不到 10 年的时间里，我经历了边界技能发展的所有阶段——产生新的自我觉察、自我认知、自我接纳和自我同情——最终成为掌控边界的大师。我的个人边界之旅激发了我的深切渴望，我希望能够帮助他人减轻痛苦，指出他们绝对拥有选择的权利，并展示如何轻松而优雅地做出这些选择。过往的经历令我明白，通往情绪健康之路是多么地脆弱、漫长、曲折，而沿途的每一个转折都会增进自我理解，从而帮助我们更好地为自己建立边界。这就是我热衷于教授这门独特的改变性哲学的原因。为了释放自我，我投入了血汗、泪水和岁月，这驱使着我为你指明通往熟练掌握边界技能的最为直接和高效的道路。用作家理查德·巴赫（Richard Bach）的话来讲就是："你能够教授得最好的内容是你最需要学习的东西。[1]"

许多女性，比如年轻时的我，甚至没有意识到自己不快乐的根源在何处，更不用说了解如何创造改变了。自我意识永远是第一步，毕竟我们无法治愈自己都不知道的东西。这就是我们相聚在此的原因。

真诚
交谈

无论你目前拥有何种边界模式，你都可以学习如何为自己建立健康而充满活力的边界模式。

现在就是你改进边界管理技能的时刻

接下来的内容对你来说是一场生活重启，帮助你坚定地走上通往真正满足的道路。换句话说，现在已经到了你的时刻，是时候让你从边界新手（如果你正处于这一状态之中）进化成为边界大师了。我知道你可以做到这一点的，因为我亲眼见证了太多人的改变。我见过那些常常取悦他人的人变成了敏锐的决策者，见过那些筋疲力尽的过度付出者学会了轻松而优雅地说不，等等。至于我自己，我从试图成为每个人的万事通，转而将时间、精力和努力集中在自己以及生活中重要他人的身上。我依据自己的创伤经历以及丰富的临床经验，设计了一个已经通过现实检验的细分步骤教程，来帮助你改进自己的边界技能。现在就是你大放异彩的时刻。

你已经读过我的故事，知道学习掌控边界需要承受沉重的情感负担。因此，如果你想要升级自己的自我关怀计划，请马上行动起来。我在这里所提到的自我关怀，并不是指计划去按摩或者做美甲，而是指给自己足够的空间和支持。比如，不要强迫自己参加不感兴趣的活动，你可以找个借口，关掉手机，好好休息一下。你可以尝试各种药浴，以让自己感觉良好的恢复性方式来让自己活动起来，比如进行低强度的瑜伽或伸展运动。少使用电子设备，多多关注自己。静坐片刻，感受一下屁股和沙发之间接触的感觉——我的朋友，你瞧！你成了一位冥想者。我们一起从行动的模式切换到存在的模式。（在本章结束时，你将创建属于你自己的冥想空间，一个专注自我关怀的安全而神圣的空间。）

还有一个提醒是，如果你有着过度追求成功或完美主义的倾向，那么请不要采用你所习惯的方式来硬撑着走过学会掌控边界的旅程。我们谈论的不是——完成待办事项清单上的事情，或者在一章的内容里就解决功能失调的人际关系问题，这些都需要一个过程。另外，如果你在尝试新事物时容易感到不知所措或停滞不前，那么接下来的简单指示和微小改变会让你心情愉悦。它们能够帮助你让事情处在自己的可控范围内。

你也不用让每个人都知道最近出现了一个新的边界治安员，不需要拿起扩音器大喊："大家请注意，我们得谈一谈。"你不需要这样。

请相信我，我确实能够理解你，这种诱惑难以抵挡——走到会计部的鲍勃面前告诉他，你不会再忍受他对你外貌的烦人评论。我理解你：你想将事情纠正。但是，在真正具备能力之前展开这种艰难的对话，并非制胜之道。改变根深蒂固的思维模式和有局限性的信念需要时间。只有在你完全理解为什么改变行为和建立更健康的边界如此困难之后，你才可以找鲍勃谈一谈。相信我，当你做好准备的时候，鲍勃喜欢胡说八道的习惯仍然没有改变。

真诚交谈

　　没有适用于所有人的边界策略。你是独一无二的，因此，对于如何与他人交往以及表达你的边界喜好和无法让步的事情，你也有适合自己的方式。

　　随着你慢慢改变自己功能失调的边界模式，你便可以腾出更多的时间，来倾听自己真实的想法、感受、愿望。在这个过程中，你一定会碰到这样一个误区，那就是你觉得对人"友善"是理所应当的。比如，你可能会觉得，你需要帮姐姐去洗衣店取干洗的衣物，或者帮她照看孩子，让她可以在截止日期前完成工作，尽管你自己更希望去做瑜伽，读一本书，或者去看一场戏剧。再如，你不愿意告诉你的伴侣，你实际上并不想每个周末都待在他那个压迫、充满爱或疯狂的大家庭里。或者你没能去买生活用品，因为你忙着为刚刚失业的闺密制订详细的生活计划（而她并没有要求你制作一份演示文稿，来告诉她如何挽救自己的职业生涯）。或者，你想避免冲突的产生，而不告诉好心劝你的朋友，你其实并不需要她的建议。

真诚交谈

你需要撰写一本关于自己如何对待自己（内在边界）和他人如何对待你（外在边界）的说明书。

现在，你可能在想，对人友善有什么不对？

说实话，任何时候你选择对人展露伪装的友善而非坦诚相对，都会让自己陷入极差的体验感、怨恨的情绪、未被真实了解的孤独之中。想想看，当你想说"不"的时候，却对你爱和尊重的人说"是"，这真的算是"友善"吗？不，你只是给他们提供了错误的信息，让自己不断陷入这种境地之中。

建立和维护健康的边界是一门改变人生的艺术。这种改变的主要驱动力是你的真实感受。我们可能会告诉自己，我们这样做是为了不伤害他人的感情，但这并非事实的全部。这些不那么诚实的举动背后的动机通常是恐惧，而非关爱，我们将在第 3 章更深入地探讨相关概念。我们可能会发现，在关爱的伪装下，我们过度付出、过度承担责任、过度消耗自己，或者为了不麻烦任何人而坚决拒绝一切帮助。这两种情况都会让你感受到更少而不是更多的关爱。

当你能够直接而诚实地表达自己时，好处是双重的。他人能看到真实的你，你也为生活中的其他人创造了看见真实自己的空间。你不再剥夺世界对真实的你的认识，那是只有你才拥有的东西。

建立健康的边界使得你既慷慨又高效。当它们就位后，你会惊讶地发现，自己有大把时间、精力和资源用于投入能够更有成效的追求，比如跳尊巴舞、学习陶艺、研究量子物理。摒弃自暴自弃、欺骗、否认、怨恨，这样能够帮你构建一种基于快乐、自由、真正亲密的生活。事实上，一旦你意识到这一点，这就变成了一个显而易见的选择，更不用说这个选择对每个人来说都是好的。

在很多方面，我觉得我已经了解你了，因为我曾经是你。相信我，无论你正处于掌控边界的哪个阶段，无论你已经知道什么、不知道什么，现在都是做出行动的最佳时机。正如玛丽安·威廉姆森（Marianne Williamson）曾经写道："何时开始都不算太晚，你开始得正是时候，你比自己所了解的自己还要优秀。[2]"

▶ 将掌控边界付诸实践 ◀

本书在每一章的最后部分为你精选了一些练习，帮助你逐步建立成为边界大师的技能基础。每一个新的想法或行动无论多么微小都具有重要意义。

1. **保持觉察**。关注自己的感受。当情绪涌现时，停下来给它们命名。请注意，那些从童年时期就禁止表露的情绪可能更难觉察，它们会表现成一些能够令人接受的情绪。比如，我将禁止表达的愤怒伪装成了悲伤。觉察自己真实的情绪，并为它们命名。然后，尊重它们的存在。

2. **深入挖掘：打造属于自己的冥想空间**。你的第一个任务是为自己构建一个冥想空间，进行冥想、休养、记录、完成整合练习。这是你的第一个增强自我关怀的成为边界主人的实践。这也将帮助你专注于成为边界的主人的旅程。请阅读本书末尾"深入挖掘"中的相关内容。

3. **激发灵感：开始一次冥想**。练习冥想能够培养你的正念意识，增强你安住于当下的能力，这对于学会掌控边界至关重要。请阅读本书末尾"深入挖掘"中的相关内容，开始进行一次简单的冥想。

第 2 章

你的边界基线在哪里

多年前，在一个阳光明媚的春日，我和朋友朱尔斯在一起吃午餐，聊着我们各自的成长经历，探讨为什么我们会做出某些人生选择。朱尔斯在分享自己作为 7 个兄弟姐妹之一的成长经历时，漫不经心地说："我家浴室柜台上有一个篮子，里面放着所有人的牙刷。"

我感到难以置信，说："你怎么知道哪一支牙刷是你的？"

"我不知道，"她耸耸肩说，"我们都会随便拿起一支不湿的牙刷来用。"

等等，你说什么？

我知道朱尔斯在一个充满成瘾行为、贫穷和虐待的混乱家庭中长大。作为一名心理咨询师，我对许多事情都不会感到惊讶。

然而，她没有自己的牙刷这件事让我感到非常震惊。朱尔斯觉得这没什么大不了的，这也很能说明问题。她甚至不知道自己有权拥有自己的牙刷。

但这并不意味着她不想要。她在 13 岁时用自己第一份工作的第一笔薪水买了一支牙刷和一个洗漱包，然后把它们压在了自己枕头底下，而没有放在那个公用篮子里。

审视自身：自己的边界基线在哪里

为了帮助你了解自己的边界基线，请阅读以下问题，如果你的回答为"是"，则勾选该选项。

☐ 通过说出自己的真实想法来建立边界会让你感到焦虑或恐惧吗？

☐ 当你付费购买了服务却并不满意时，你会避免告诉对方吗？

☐ 你是否常常忽视自己的喜好或需求，而之后在沮丧中爆发？

☐ 你是否对大多数事情应该如何完成都有非常明确的想法，常常因为他人一无所知而感到沮丧？

☐ 你是否经常感到悲伤、愤怒、怨恨，因为人们无法理解或尊重你的边界？

☐ 当你与所在团队或个人的意见不同时，你是否经常害怕表达或避免发言？

□ 由于无法表达自己的真实想法、分享自己的喜好、拒绝他人的请求，你是否建立了许多有问题的人际关系？

□ 你是否经常因为他人的行为而感到被冒犯，或者觉得有责任纠正他人的行为？

□ 当你感觉受到背叛时，你是否会将对方从自己的生活中剔除或者完全回避对方，而不是和他好好聊一聊？

□ 如果你的朋友或家人遇到了问题，即使他们没有寻求你的帮助，你是否也会有强烈的冲动为他们提供建议或寻找解决方案？

以上每个问题都指向了一种边界混乱的表现，它们可以引导你在这段旅程中发现自己需要投入努力的方面。

在朱尔斯的原生家庭中，这种看似微不足道的具有不健康物质边界的情况，体现了其家庭中长期存在的忽视和虐待的混乱现象。她的父母没有保护她免受兄弟姐妹的暴力和侵害；他们偷看她的日记，不允许她（以及任何人）锁上浴室门。即使是在浴缸里，她的隐私也经常受到侵犯。就像朱尔斯一样，你可能也遭受过这种"轻微的"边界侵犯，而你并没有太在意。但重要的是要认识到，所有的边界侵犯都有可能为未来的边界斗争埋下种子。不健康的边界就是不健康的边界。对我的许多来访者来说，不健康边界的种子导致他们成年之后无法觉察、优先考虑、表达自己的愿望、需求、渴望和喜好。

什么是个人边界

让我们从个人边界的基本概念开始，这样能帮助你更好地理解为什么它对你的每一天都很重要。想象一下，有一座房子，周围有着高高的围栏，上面挂着两个标牌，写着"禁止入内"和"违者必究"。我们都能明白，这个围栏是一个明确的边界，标牌上详细说明了侵犯边界的具体后果。

尽管底层机制是相同的，但个人边界比那个围栏要复杂得多。我们不能简单地挂起标牌，期望他人尊重它们。个人边界是无形的，因此需要用（反复的）言语和行动来建立。个人边界也因每个人的不同而独特，受个人童年经历、文化规范、性别角色和其他诸多因素的影响。没有什么一劳永逸的行为（比如挂起一个标牌）能够涵盖所有内容。

个人边界就像一本说明书，你可以在其中明确规定他人应该如何对待你。没错，这意味着你实际上可以告诉同事，你不喜欢她每天在办公室里八卦，因为你需要专注于自己的工作。你也可以告诉你那喜欢对人评头论足的朋友，对人体重/外貌/感情生活的冷嘲热讽并不受人欢迎。建立边界包括，当有人侵犯这些边界时给出明确的回应，为重复违反边界的人设置一套明确的后果（详细内容请阅读第7章）。

建立健康的边界可以保护你免受情感伤害，维护你的个人尊严。是的，健康的边界能帮助你活出一种关键的生活状态：像贵族一样生活。像对待女王一样对待自己，这意味着要培养一种坚定不移的认知、尊重和保护自己的能力，而不是抛弃自己。这一点很重要，因为如何看待和对待自己为你生活中的每一段人际关系都划定了基线。

真诚交谈

　　你可能已经被社会化了，认为拥有健康的边界会让你变得自私、好斗、刻薄，但实际上，拥有健康的边界会让你变得勇敢而慷慨。

▪ 边界类别

　　边界通常分为 5 个大类：物理边界、性边界、物质边界、心理边界、情感边界。当这些边界中的任何一个遭受侵犯时，我们都会陷入麻烦。此外，边界分为 3 种类型：僵化型、松散型和健康型。了解边界的类别和类型可以帮助你识别自己的边界问题，之后就可以开始纠正它们。你的情感边界是否过于松散？你的心理边界是否过于僵化？你是否拥有灵活而平衡的个人边界？

　　以下是你需要关注的个人边界：

- **物理边界**。你最基本的物理边界就是你的身体。这包括谁有权触摸你，如何触摸，以及你需要多少个人空间。未经允许就抓住你、使用你的香体剂（甚至你的牙刷），或者在你洗澡时不敲门就闯进浴室，这些都是侵犯个人物理边界的例子。

- **性边界**。你可以决定哪种程度的性接触是可以接受的，以及在哪里、何时、与谁发生。强迫或逼迫你发生性关系、发表猥亵性言论，或在未经你明确同意的情况下做出任何想要激发或满足自己性冲动的行为，都是对性边界的侵犯。

- **物质边界**。你可以决定其他人可以（或不可以）接触你的物质财产。这包括你是否将自己的钱、衣服、汽车或其他东西借给朋友或亲戚，以及在何种情况下出借。比如，你家中的哪些区域（如果有的话）是禁止客人进入的？你是否要求访客脱鞋？未经你许可就使用你的电脑、从你的衣柜里拿衣服，或在你干净的车里留下垃圾，这些都是对物质边界的侵犯。

- **心理边界**。你可以定义自己的思想、价值观和意见。要建立心理边界，你首先要知道自己相信什么。拥有健康的心理边界意味着，即使你并不赞同，你也可以以开放的心态倾听他人的意见，同时坚持自己的核心信念。当有人提出要求而不是请求、贬低你的信念、无视你的拒绝，来达到自己的目的时，这些都是在侵犯你的心理边界。

- **情感边界**。你要为自己的感受负责，其他人也要为他自己的感受负责。健康的情感边界可以防止你立马提出批评或不请自来的建议，帮助你避免将自己的感受归咎于他人，反过来，也避免承担不属于你的情感责任。情感边界帮助你规避过早地分享自己的私密细节、过于个人化，或为他人的问题和负面情绪感到内疚。此外，如果你常常极端情绪化、侵略性强、戒备心强，那么你的情感边界可能处于混乱状态。贬低你的感受、告诉你应该如何感受、提出一些侵入性的问题，这些都是在侵犯你的情感边界。

◢ 边界类型

个人边界具有 3 种类型：僵化型、松散型和健康型。如果你的边界过于松散或过于僵化，那么可能遇到与边界问题相关的以下症状。

- **僵化型边界**。如果你的边界过于僵化，你可能会：
  - 在需要帮助时不寻求帮助。
  - 为了减少遭受拒绝的可能而回避亲密关系。
  - 被他人认为是冷漠的或冷淡的。
  - 习惯于孤立自己。

人们可能会形容你难以接近、非常封闭、极其顽固。你可能遵循"按我的方式来，否则就走开！"的人生信条，或者散发冰山女王的气质。你不善于与人相处，常常马上赶走侵犯者，而不是告诉他们如何让你感到心烦意乱。一个常见的误解是，拥有严格的边界等同于拥有健康的边界。事实并非如此，边界过于僵化会妨碍健康关系的建立，边界过于灵活同样如此。

真诚交谈

与普遍的看法相反，过于僵化的边界并不健康，因为它们大多由对脆弱的恐惧所驱动，可能会阻碍开放而健康的关系和体验。

- **松散型边界**。如果你的边界过于松散，你可能会：
  - 过度分享个人信息。
  - 在想说"不"的时候说"是"。
  - 发现自己过度承担或过度关注他人的问题。
  - 忍受对自己无礼或虐待的行为。

人们可能会形容你过分迁就他人、回避冲突、过于友善。你可能散发一种老好人或和事佬的气质。你受到他人的想法、感受、问题的影响，可能比你自己的还要多。（比如，当你正要去健身房锻炼时，一个朋友打来电话，跟你说自己最近陷入了一段有毒的浪漫关系，于是你决定留在家里，拿出1985年出版的经典自助类图书《爱得太多的女人》（*Women Who Love Too Much*），开始为你的朋友勾出一些精彩内容来读。一个愿打，一个愿挨）。也许你的生活态度是："只要他人快乐，我就快乐。"

- **健康型边界**。如果你拥有健康的边界，你会：
  - 重视自己的想法和观点。

○ 对请求帮助和接受帮助都感到自在。

○ 知道何时、与谁分享个人信息。

○ 能够接受和尊重他人的边界，包括接受某人拒绝
   请求。

人们可能会形容你可靠、自信、值得信赖。如果你拥有健康的边界，他人在你身边时会感到安全和自在。你遵守诺言，能够与人进行有效沟通，并对自己的幸福负责。(不需要情感勒索他人。)你不会特别情绪化。比如，当你深夜接到家人打来的电话，知道了一些令人不安的消息时，你会选择明早再处理这些感受，而不是半夜向你的闺密发送求救短信，或者因为无法忍受无助感而立即采取行动。你有能力管理自己的情绪。

如果你拥有健康的边界，你也会拥有一种内在的秩序感。你知道在什么时候建立怎样的边界是合适的。对家人和朋友来说合适的边界，对同事或老板来说可能就不合适了。比如，如果你经历了痛苦的分手，与闺密分享你的伤心事是合适的。然而，与下属或老板分享你分手的细节就不太合适了。

培养健康的个人边界需要洞察力，以及对自己各种关系（包括你与自己之间的关系）长期的、诚实的、早就该有的审视。

旧的边界模式会不断重演

朱尔斯为了拥有属于自己的牙刷而进行的探索，反映了她对

物质边界混乱情境的自然反应。无论如何，她都要在家中浴室占据一个只属于自己的角落。

在朱尔斯的整个童年时期，她学会了压抑自己的感受、需求、喜好，来避免成为遭受虐待的目标。她的父亲喝醉之后会变得很暴力（侵犯物理边界）；她的兄弟姐妹随意拿走她的衣服和东西（侵犯物质边界）；她的哥哥们嘲笑她，说她"又胖又丑"（侵犯情感边界）。从这些经历中，她得出结论，不惹是生非、尽量取悦身边的人是最安全的策略。她在童年时期习得的边界行为是适应性的，而当她离开原生家庭之后，同样的行为会引发冲突和不满，令她不再适应环境。事实上，为了拥有属于自己的牙刷而进行的努力，看似微不足道，实际上意义重大。

成年后，她这种适应不良的边界风格（松散型边界）引发了长达10年糟糕的亲密关系问题。每段关系都以某种方式重演了她童年时期的边界混乱状态。就像她的兄弟姐妹一样，朱尔斯的男朋友觉得自己有权获得她的劳动成果，比如她辛苦挣来的钱、她的公寓，以及她的时间和精力（侵犯物质边界）。她认为爱一个人意味着满足对方的要求，让对方拿走自己想要的东西（情感边界混乱）。在最近的一段感情破裂后，她终于意识到，自己是这些痛苦经历的根源。朱尔斯描述自己的角色为"一直在给予"。在我看来，"极度依赖助成"也是一个准确的描述。把自己的需求放在次要位置，确保了她在混乱的原生家庭中能够获得安全感和爱。然而，成年后，自我忽视已经成为她获得幸福和快乐的巨大阻碍。不仅如此，她的混乱边界最终让她处于真正的危险之中。她差一点儿就失去了一切。

真诚
交谈

你需要关注的不同类别边界包括：物理边界、性边界、物质边界、心理边界、情感边界。在这些边界类别中，你可能拥有僵化型边界、松散型边界、健康型边界。

从朱尔斯的亲密关系中，我们可以看到她童年时物质边界遭到侵犯的一些影子。比如，有一次她允许新男朋友搬来和自己一起住，因为男朋友付不起房租，就要被赶出去了。在另一段恋情中，尽管她在全职工作，连去健身房运动的精力也没有，但她还是非常主动地把自己一半以上的积蓄投资在糟糕的男朋友的"发明"上，从未得到一分钱的回报。你懂的。

简而言之，朱尔斯的边界，无论是在物质方面还是其他方面，都过于"灵活"。这有时表现为极度优柔寡断，让自己在糟糕的情况过去很久后仍陷入其中。我的忠告是，对于边界混乱的女性来说，优柔寡断是一种常见的体验。如果你的边界过于松散，那么你可能会担心伤害他人，或者因为自己的一个决定而遭到拒绝或嘲笑。优柔寡断可能是一种无意识地避免这种情况发生的方式。如果你不允许自己中途改变主意，不允许自己发声或表示拒绝，那么你所做出的每个决定都会像是一种无期徒刑。

一个听起来很荒谬的事实是，朱尔斯的兄弟姐妹还曾因为她小时候想要拥有自己的牙刷而嘲笑她。他们贬低她，说她现在变得"欲求不满"。（这真是离谱！）就像许多女性一样，朱尔斯被直接或间接地告知，拥有健康的边界会让自己变得自私、好斗、刻薄。然而事实其实并非如此。

朱尔斯早期对爱和安全的扭曲理解直接导致她在成年后常常放弃自我和权益。她有一种执迷不悟的忠诚感，甚至对那些不值得她投入忠诚的人也是如此。要改变这种已经内化的有害的思维模式，光靠在超市花 5 美元买的牙刷远远不够。

同样，朱尔斯早期所依赖的适应性策略在成年后变得不适用，使她陷入受人利用、不被重视的境地，这重演了她小时候的感受（并非巧合）。这就是我所说的边界模式重演，即人们当今的功能障碍反映了其过去的痛苦经历（详细内容请阅读第5 章）。

女性权益的演变直接影响着我们的边界意识

要完全理解个人边界，我们必须认识到一个比家庭系统中的内容更宏观的背景：受压迫的历史。女性权益的演变直接影响我们对边界观念的意识、潜意识和集体关系，即使在今天也是如此。如果不增强我们对历史的认识，我们的过去就很容易成为我们的现在。

思考一下这件事：在 1920 年美国宪法第 19 次修正案通过，

赋予大多数白人女性投票权之前（有色人种女性会受到各州不同法律的限制），女性基本上就是其丈夫的财产（是的，财产。就像土地、牲畜或汽车。没有权利，没有主权，没有发言权）。1920年距今仅仅一百多年！这有点儿令人震惊。但话又说回来，天下无奇事。

在数百年甚至数千年的时间里，女性一直被边缘化和物化，有色人种女性的情况更是如此。作为边缘化群体的一分子会对一个人的自我认同和自我价值产生负面影响。《内化压迫：边缘化群体的心理》（*Internalized Oppression：The Psychology of Marginalized Groups*）的作者大卫（E. J. R. David）表示，我们通常会在不知不觉中接收关于女性身份的负面信息，这是一种内化受压迫经历的结果，可能引发自我贬低和自我憎恶的情绪[1]。

内化压迫在女性身上有几种表现形式。比如，我们会否定自己的经历，因为担心他人觉得自己小题大做而默不作声。我们过分关注自己的外貌吸引力，过度认同青春和美丽，以至于觉得随着年龄的增长或衰老迹象的出现，我们的价值就会降低。我们容易将他人的需求和愿望置于自己的之上，好像自我牺牲就证明自己是"好"的。内化压迫只会加剧我们的边界混乱状况。

如果你是一位难以建立边界的女性，那么请你理解，你与在你之前的无数女性之间由一条无形的线连在一起，她们同你一样怀疑自己的价值。你的挣扎并非孤立存在。这一切的原因是什么？这是一种作为女性的社会化过程？我觉得这太离谱了，但我们仍然在应对相应的影响。

真正的社会变革需要时间。看看"MeToo"运动就知道了，该运动最早由塔拉纳·伯克（Tarana Burke）于2006年发起，旨在通过唤起人们的共情来为受到性虐待的有色人种女性争取权利。11年后的2017年秋季，伯克的运动在极具影响力的电影制片人哈维·韦恩斯坦（Harvey Weinstein）因性侵犯接受调查事件中被重新激活，并引起了更广泛的关注[2]。长期存在的性别不平等、权力滥用、制度性骚扰和性侵犯——这些几乎每个女性都亲身经历过的情况——突然之间成为全世界的公共讨论话题。关于这种有历史原因的失衡动力如何影响女性个体和集体的有力讨论，引发了针对大量施虐者的果断行动。是时候了！

好消息是，在"MeToo"运动发酵一年后[3]，美国选民在中期选举中为国会增加了创纪录的117名女性候选者和42名有色人种女性候选者（这只是一个开始），但是根深蒂固的偏见不会在一夜之间改变。坏消息是，性别角色偏见仍然深深植根于我们的集体无意识之中，它们仍然在规训我们应该如何着装、行事、发言。我们还要做出许多努力。

真诚
交谈

你的个人边界受到你的童年经历、社会文化规范、性别角色定位和一系列其他因素的影响。

与此同时，对于我们从小就默默忍受和内化的公开抑或隐蔽的性别歧视假设、投射、评判，我们仍然需要不断清理它们。无论我们是否意识到它们所产生的影响，这些剥夺权利的情感都可能以非常负面的方式影响我们的自我认知。时间不等人，你的边界大师之旅对你和未来的几代人来说都是势在必行的，他们将从你的转变中获得力量。正如冥想和正念专家大卫吉（Davidji）所说："我们通过改变自己来改变世界。[4]"

你的边界管理技能是可以提升的

对朱尔斯来说，直到人生跌入谷底，她才意识到自己边界混乱的严重性。在一段感情结束后不久，纽约市的一名警官出现在她家门口，对她说："请跟我去一趟警局。"

朱尔斯的心突突狂跳，她抓起外套，跟着警官上了一辆没有标志的警车。到了警局，这位警官质问她关于信用卡诈骗的问题。朱尔斯不知道的是，她的前男朋友一直在用她家的邮寄地址进行非法活动，把她卷入其中。

朱尔斯一直以来都把注意力放在如何更好地照顾和取悦男朋友上，以至于对自己眼皮底下发生的事情毫无察觉。在惊慌失措中，她才意识到自己离灾难如此之近——自己面临刑事指控，生活受到巨大影响！

值得庆幸的是，朱尔斯的故事并没有以悲剧收场。在这次可怕的事件后，她开始接受心理咨询，付出艰辛的努力，关注自我和个人边界。结果是，她更新了《如何对待朱尔斯》这一说明书，成为了解自己的专家，熟练掌握了表达、建立和维护健康边界的语言。现在，作为一名实力派的边界掌控者，她与丈夫乔已经幸福地生活了 12 年。他们是在一次由共同好友安排的老式相亲局上认识的，后来朱尔斯很幸福地有了两个女儿，她非常疼爱她们。她说自己的家庭生活简直像是中了彩票。

朱尔斯最终克服了自己童年的障碍，这证明了一个事实，那就是学习更健康的人际互动方式是可能的。像朱尔斯一样，你是可以为自己和周围的人提升自己的边界技能的。另外，我真正希望你知道的是，要成为你可能成为的人或者你最想成为的人，永远都不算晚。现在就开始过你想要的生活吧。

真诚
交谈

建立健康的边界可以保护你免受情感伤害，维护你的个人尊严，增进你的人际关系，包括你与自己的关系。

▶ 将掌控边界付诸实践 ◀

1. **保持觉察**。注意自己不同类别和类型的边界。它们在你当前的关系中如何发挥作用？针对哪一类边界（物理边界、性边界、物质边界、心理边界、情感边界）的侵犯状况最常出现？

2. **深入挖掘：什么可以，什么不可以**。现在是时候诚实地评估自己生活各个方面的运作状况了。请阅读本书末尾"深入挖掘"中的相关内容，完成你的"什么可以，什么不可以"清单。对于改变来说，这是一项核心练习，不要跳过它！

第 3 章

过度承担责任

埃丝特是一位事业有成的美容编辑，她来到我的咨询室，还没坐稳，就说出了自己此次来访的原因。

"我来就是需要舒缓压力。"她一口气说。从她强势的语气中，我能感觉到，埃丝特平时习惯了当家作主。

"很高兴认识你，埃丝特。"我说，"我是特里。"

她坐下来，深吸了一口气，说："我的意思是，就像你看到的，我的状态还不错，我就是很难放松，这件事在一点点地侵蚀我的身体健康。昨天我第一次出现了这种状况——我没有办法工作，不得不请假，但我真的没那么多时间休息，你能帮到我吗？"

作为一名心理咨询师，我对埃丝特表现的焦虑状态非常熟悉。通常情况下，来访者只有在觉得自己需要帮助时才会寻求支持。他们可能没有完全意识到，自己混乱的边界正在严重破坏着自己辛辛苦苦想要得到的快乐、健康、成功。他们的恼怒、沮丧和痛苦越发明显。

埃丝特这股想要赶紧解决问题的劲头让我感觉，如果有可能的话，她会为自己一个接一个地预约心理咨询，将它们塞满自己的整个周末，这样她就能早日将"心理咨询"这件事从自己的待办事项清单中划掉，尽快回归快节奏的工作生活。然而，从我的个人经验和职业经历来看，埃丝特首先需要做的是慢下来，这样才能同我一起有条不紊地发现压力的来源，并探索自己一直以来是用怎样的应对机制来生存的。

埃丝特说，她的强烈焦虑开始表现为，多种症状所带来的身体疼痛日益加剧。最为显著的是，由于在睡觉时常常咬紧牙关，她开始感到头痛，这令她日益衰弱，后来还患上了颞下颌关节综合征（temporomandibular joint syndrome，俗称 TMJ 综合征）。在过去的 3 年里，她也时不时遭受失眠的折磨。她最近确诊了带状疱疹，这是一种由病毒感染引发疼痛的皮疹，令她每天痛苦难安，严重影响了工作。我注意到，她的所有这些症状都与她的压力和焦虑有很大关系。

随着我对埃丝特的了解不断深入，我逐渐得知，埃丝特是家里的独生女，她的父母是韩国裔移民，英语并不流利，因此她童年的大部分时间都在帮助父母处理日常事务。当她还是个孩子的时候，她就已经肩负起成年人的责任。她在学校开家长会的时候、看病的时候都会充当翻译。随着年龄的增长，埃丝特对于需要听从父母的意见就读医学院这件事倍感压力，父母对于"个人成功"的理解深受原生社会文化的影响。如今，埃丝特作为编辑取得的专业认可越多，她就越感到自己内心矛盾。她为自己感到高兴，但也对自己感到失望。对她来说意义重大的事情却永远得不到父母的认可。

埃丝特一手包办的天性在她的爱情中也表现得淋漓尽致。她那可爱的男朋友算是半个演员，经常让她请自己吃晚饭，还会时不时"忘记"和她平摊全程由她调研、预定、规划的豪华假期的费用。在恋爱初期的激情褪去之后，埃丝特发现，自己总是游走在男朋友和他那温柔又黏人的母亲之间。有时候她对自己和男朋友之间的明显差异不屑一顾，她会说"这就是异性相吸嘛"，然而事实上，她已经感到筋疲力尽，厌倦了和一个不称职的男朋友在一起。

我在得知埃丝特这些情况之后，马上就明白了为什么她会觉得身体不舒服。对于像埃丝特这样的人来说，无法正常做事会激发他们强烈的焦虑。她的整个自我都建立在能否管理好外部世界这件事上。很快我就发现，埃丝特是一位高功能性依赖助成者。

你是过度承担责任的人吗

像埃丝特一样，我的很多来访者都是社会意义上标准的成功人士，他们有的是企业的首席执行官，有的是创业妈妈，有的是百老汇演员。他们努力成为优秀的伴侣、父母、领导、朋友，在各个方面都取得超凡的成就，因为他们坚信，成为一个有价值的人意味着要将方方面面都处理好。"求助"是个丢人的词，除非自己是那个提供帮助的人。然而，在他们一直忙着做这做那的时候，他们忽略了一个关键问题：在这个过程中，他们完全没有做自己。这件事一听上去就很愁人，是不是？在 99% 的情况下，这种过度承担责任的行为是"依赖助成"的表现，一种女性被迫为周围人做本属他们自己分内之事的情况（在一些男性身上也会出现这种情况）。

当我们听到"依赖助成"这个术语时，我们会联想到一些不好的画面。比如，一位容易心软的女士总是为她那常常因酗酒而闯祸的老公收拾烂摊子；一个人老是借钱给朋友，而那位朋友本应自己养活自己；一位女士无法忍受自己孤身一人，因此总要为丈夫的施虐行为找借口。

在我开始心理咨询工作的头几年，每当我说出"依赖助成"这个术语时，大多数高成就、高能力的来访者都会愣一下，感觉自己受到了严重的冒犯。"你在开玩笑吧？"我一次又一次地听到这样的回复。"大家都在依赖我，是我在做所有的事情，是我在收拾他们的烂摊子，为他们解决问题。"

在这里，我要声明，我并不觉得依赖助成者软弱，事实绝非如此。由于我的来访者大都不认同传统意义上的依赖助成，因此我发明了一个新术语：高功能性依赖助成（high-functioning codependent，HFC）。如果你是一位高功能性依赖助成者，那么你会对自己生活中某些人的感受和行为过度负责。这往往表现为过度承担责任、过度付出、在人际关系中总是自发提供建议，来试图控制结果（尤其当结果并不如意时，你更加想要控制它）。而这种对他人生活的过度关注注定会使你的个人需求和愿望靠边站。

对于埃丝特这个彻头彻尾的高功能性依赖助成者来说，她所表现出的身体症状可能会颠覆她"多做事"这个"致胜公式"。难怪她迫不及待想要了解一些舒缓压力的妙招，这样她就能够在自己的待办事项清单中划掉"心理咨询"这一项，重回自己正常的工作生活节奏中了。她唯一知道的事情就是，自己再也没办法靠个人力量勉强度日，想到这一点，她感到非常恐惧。

高功能性依赖助成者各自有着不同的童年经历。他们可能在一个混乱、严苛、受虐、遭受忽视、有成瘾问题的家庭环境中长大；可能一直以来被教导要优先取悦他人；可能像埃丝特一样，从小就被迫扮演照顾者的角色，承担成年人的责任。这些经历规训他们，要预判和优先考虑他人的需求，而不是自己的。如今成为一位高功能性依赖助成者，有一件事情是肯定的——他们在童年经历了某种功能失调，使得自己过度负责的行为模式很难打破。对于高功能性依赖助成者来说，帮助他人、解决问题、做事情、拯救他人等都是他们根深蒂固的、无意识的强迫行为。

真诚
交谈

　　高功能性依赖助成者往往具有功能失调的行为模式：你对他人的感受和行为负有过多的责任，而代价是牺牲自己的愿望、需求和幸福。

　　如果其中任何一种情况令你感到熟悉，那么祝贺自己一下吧，你终于发现了它！在个人转变这件事情上，你必须首先觉察到自己具有何种功能失调，之后才能改变它。这些觉察时刻对你的成长和幸福至关重要。

　　从根本上来说，过度承担责任源于一种原始的生存需求，来确保自己获得安全与爱。你可能会无意识地通过让自己变得有用甚至不可或缺，来确保自己不遭受他人的拒绝。这是一种很典型的人类本能。虽然过度承担责任的根本原因是完全可以理解的，但你最终追求的其实是以更健康的方式获得安全与爱。

　　自我意识是你最好的工具，它能帮助你发现那鬼鬼祟祟、顽固不化的依赖助成倾向何时又在驱动自己了。否则你很容易相信，自己是在有意识地做出选择，而不是活在那些于自己无益的旧有行为之中。这感觉就像是，你要做出选择，要不要去接一个刚刚和爱人争吵而无家可归的朋友；要不要为表弟比利保释，他（又一次）在公共场合醉酒而被抓了；要不要卷入孩子老师的个人家庭纷争。有一个问题是，做出选择和强迫性行为可能让人感觉非常相似，但它们并不相同。当涉及他人的问题解决过程时，如果你无法提出拒绝，不管出于什么原因，这都是高功能性依赖助成的一种强迫性表现。

作为边界新手的你，倒也没必要做出什么评判。要知道，我也经历过这些。在我自己的边界混乱经历中，也有一些相当离谱的故事（幸好，现在都过去了）。举几个例子：我主动提出为我的表弟参加大学入学考试；我为在大学时的男朋友撰写了他的哲学论文（结果被学校发现了）；我花了 600 美元把男朋友的汽车从纽约的车辆扣留所提了出来（结果他第二天又收到了一张违章停车罚单）。所有这些事情都不应该由我来负责和解决，但我也知道现在说什么都是"马后炮"。简而言之，过度承担责任是一种持续关注他人需求、愿望和问题的状态，以获得他人的认可和自我价值感，并试图控制最终的结果。

高功能性依赖助成的一个主要表现是，对所有事情都有着过多的责任感，好像所有事情都必须由自己来处理。你可能还觉得，如果自己提出拒绝、改变主意，或者出于任何原因放弃，就会发生可怕的事情。这些错误的想法源于在童年时对失败或让他人失望的恐惧，感觉情况非常紧急，简直生死攸关，即使事实并非如此。

为了帮助高功能性来访者进行现实检验，我向他们描绘了这样一个场景：如果你明天被外星人绑架了，会发生什么？说实话，太阳会照常升起和落下，你的朋友和家人会继续过着自己的生活，你的老板会把你之前负责的项目分配给其他人。花草会继续生长，生活会继续前进，你不需要把自己掰成几瓣，拼命去做那些你觉得自己非做不可的事情。你不需要通过过度付出来证明自己的价值，你本来就是有价值的，因为你活着，你是独一无二的，你在真实地做自己。

高功能性依赖助成的另一个不太明显的表现是，将自己不能接受的感受投射到另一个人身上。投射（projection）是一种将自己在心理上排斥的特质和感受归咎于另一个人的行为。"你为什么这么生气？"你看似是在气急败坏地质问自己沉着而冷静的伴侣，而事实上，你是在将自己不能接受的愤怒投射到伴侣身上。当你非常不喜欢一个人，但认为是他先讨厌你的时候，这种情况也会出现。（"我不知道辛迪为什么讨厌我！"然而，就在刚才，你还在愤怒地给朋友发短信吐槽辛迪。）如果我们不把自己的情绪说出来，我们就会下意识或无意识地将它们表现出来。（正如我经常说的，我们要么说出来，要么做出来。）当你对自己的真实感受了解、接受、表达得越来越多时，使用一些令人困惑的防御机制的无意识需求就会大大减少。

审视自身：你是高功能性依赖助成者吗

在健康而充满关怀的人类行为与依赖助成行为之间有一条非常细微的边界。后者可能会阻碍你与人建立亲密而真实的联结，让你在一天结束的时候感觉自己一无所获。依赖助成还会阻碍你为自己建立和维系健康的边界。

以下问题将帮助你识别自己是否具有依赖助成的倾向。你是否……

□ 感觉自己需要为他人的选择、结果、感受负责？

□ 感觉当不好的事情发生在他人身上时，自己也会受到影响？

□ 觉得自己需要他人的"需要"？

□ 会为了他人而放弃自己的需求或愿望？

□ 从帮助他人中获得自我价值和身份认同？

□ 需要介入他人的问题解决过程？

□ 做比他人要求的更多的事情？

□ 为他人做其分内之事？

□ 在想说"不"时却说了"是"？

□ 帮他人收拾烂摊子（为了完成孩子"忘记"完成的作业而熬夜到凌晨 2 点）？

□ 为他人的不良行为而开脱？

□ 因为过度付出而心存怨恨或痛苦？

□ 有时会在心里想，我真不敢相信，我为他做了这么多，他却会说那些话／做那些事？

你勾选的选项越多，你的依赖助成倾向就越显著，边界问题也越多。不过别担心，即使你勾选了以上所有选项，你现在所经历的也是你所需要经历的。要知道，这里是一个没有评判的地方。你正在变得更加了解自己，这样就能够在第二部分中使用自己了解到的关键信息。

过度承担责任者的常见行为

对于高功能性依赖助成者来说，除非刻意觉察，否则他们很难关闭自己一直在运行的"自动驾驶模式"。让我们看一看依赖助成者对控制的需求的 3 种主要表达方式：总是想替他人解决问题、提供无偿而隐形的情绪劳动、具有完美主义倾向。

▪ 总是想替他人解决问题

想象一下，一个朋友正和你分享最近家庭纷争给自己带来的烦恼，甚至在她讲完整个故事之前，你就已经开始绞尽脑汁，想办法让她感觉好一点儿。你在网络上搜索能对症下药的办法，不禁扮演起帮助者的角色，因为你对她的痛苦有着强烈感受，感到自己必须为她提供解决办法。你知道自己这是在做什么吗？你在自以为是地对她好，在无意识中试图控制事情的结果。然而，这件事情的主角是你的朋友，不是你。

你总是因为内疚而参与到与你无关的事情中。临床心理学家哈丽特·勒纳博士（Dr. Harriet Lerner）曾说："我们的社会一直在培养女性的一种内疚感，以至于她们一直会因为没有成为他人的情感加油站而感到内疚。[1]"或许你已经养成了关心他人的习惯，这种习惯根深蒂固，你自己都无法觉察，自己的行为可能是由内疚感驱动的。

没有觉察到自己的潜在情绪可能助长高功能性依赖助成行为，尤其是当你觉得自己有责任"解决问题"的时候，这种情况很常见，因为依赖助成者往往会与自己的内在体验脱节。因此，当你的一位朋友（甚至一个你不怎么认识的人）感到难过时，你提供问题解决方法的动力来自避免冲突和减轻痛苦的本能，这里特指减轻自己的痛苦。你真正表达的是，你的痛苦给我带来了痛苦，因此我要告诉你该怎么做来努力摆脱这种痛苦。总是强迫性地解决问题有一个很明显的额外好处：可以避免应对自己的情绪体验。然而，你所寻求的答案和问题解决方法始终只存在于自己的内心。对于你的朋友、家人、亲人，以及这个星球上的其他人来说也是如此。

我知道自动陷入解决他人问题的状态之中是什么感觉。几年前，我的丈夫维克在职场上受到了不公正待遇。我本能地觉得自己应该帮他伸张正义，毫不犹豫地进入了一种疯狂"护犊子"的模式。我雇用了律师并制订了行动计划。幸运的是，那时我已经有所觉察，看到了我的高功能性依赖助成在运作——我不仅没有坚定地整理好自己的感受，还试图在没得到维克允许的情况下整理他的感受。事实上，我并没有在帮助他解决问题，更糟糕的是，我的控制欲让他的自我感觉不佳。

之后我经过自我反省，才意识到自己真正的感受：极度无助。这是我的感受。在我承认自己这种感受的存在之后，我找到维克，对他说："嘿，亲爱的，我现在怎样支持你才是最好的？"他请我相信他，让他用自己的方式处理这件事。最后，他得到了一个公平且令人满意的结果（而且没有雇用律师）。我抑制了自己的不适感受，得以见证并欣赏维克冷静而高效的特质。我们的关系因此变得更为亲密。这是不是还不错？

抑制总想帮他人解决问题的冲动，对于亲密关系和健康人际关系的繁荣发展至关重要。你有很多回应方式可以选择，不需要让自己成为救世主。你可以说："你觉得自己应该怎么做？"或者"我对你有信心。告诉我如何支持你是最好的"。

下一次当想要帮他人解决问题的冲动袭来时，试着停下来深呼吸，等待这股冲动消失，倾听对方，而不是急于提出建议。

如果你不这样做，你会错过倾听对方真实体验的机会，难以了解对方具体的感受和想法，因为你过分专注于让自己保持舒适。是的，看着自己关心的人痛苦挣扎让你感到非常难过，但是包容对方的个性化反应就是在为他创造空间。正如我的朋友拉塞尔·弗里德曼（Russell Friedman）（《哀伤平复自助手册》（*The Grief Recovery Handbook*）的合著者）曾经对我说的："不请自来地给他人提出建议或批评会有损对方的尊严。"哇，说得真好！

▪ 提供无偿而隐形的情绪劳动

无论你在多大程度上觉得自己是一位高功能性依赖助成者，作为一名女性，你肯定承担过一种称作"情绪劳动"（emotional labor）的工作。作家吉玛·哈特利（Gemma Hartley）在 2017 年为《时尚芭莎》杂志（*Harper's Bazaar*）撰写的一篇文章中普及了这个术语，她将情绪劳动定义为"它是情绪管理和生活管理的结合体 [2]，是我们为了让周围的人舒适和快乐而做的无偿而隐形的工作"。我对此的理解是，情绪劳动是一种未被看见的、未得到充分认可的工作，它总是让我们筋疲力尽。想想看，为家人策划节日活动、记得给孩子的老师买年终礼物（即使伴侣完全有能力做这件事）、总是负责分摊晚餐的账单（尽管朋友们都能轻松地进行这个简单的数学运算）。

关于摆脱情绪劳动的成功故事，我最喜欢的一则来自麦迪·艾森哈特（Maddie Eisenhart）[3]，她是一位作家、母亲和妻子，她对为伴侣做出大量情绪劳动感到不满，这逐渐影响了她的婚姻生活。有一天，她突然醒悟：自己一直在处理伴侣可以轻松完成的事情，比如打电话取消遛狗服务等。她的丈夫是一名工程师，打个电话对他来说绝对不难。艾森哈特买了一块白板，列出维系家庭小船前进需要做的所有事情（她一直在独自完成这些事情），要求丈夫之后承担其中一半的任务。她的丈夫之前并没有觉察到妻子所做出的情绪劳动以及她的种种不满。艾森哈特虽然一开始有些紧张，但她还是觉得，短期的不适远比长期不断地对丈夫心怀怨气好得多。最终，她让丈夫分担情绪劳动的策略使他们之间的关系得到了改善。

在长期为他人做其分内之事的过程中，怨恨和其他负面情绪势必出现。总是不由自主地做出情绪劳动有着巨大的弊端——我们每个人的精力都是有限的，如果你把所有的精力都用在"服务"他人身上，那么用于自我成长的精力就所剩无几了，也很难再有精力来思考自己真正想要什么。这就解释了为什么过度承担责任只会导致一个结果：痛苦。你怎么会不痛苦呢？你让他人对你有所期待——提供五星级的全方位服务，而你自己却几乎一无所有。

以我的朋友莎拉为例。在她的姐姐与癌症做斗争的那段日子里，其他亲人都住得很远，因此莎拉马上进入了姐姐的生活，确保姐姐能够及时得到帮助。这非常值得称道，但是，在没有人要求的情况下，莎拉把事情做到了极致。除了提供全天候的照顾之外，莎拉还一直向家人同步姐姐的最新情况，并为姐姐的朋友们进行心理疏导，朋友们对姐姐的病情感到无比震惊，这是可以理解的。莎拉甚至没有想过，自己正在承担所有的情绪劳动（也没有想过自己的能量正一点点消失殆尽），直到她姐姐的一个朋友说："你真是太了不起了，你不仅在照顾她，还在照顾着我们所有的人。"

真诚交谈

人类天生会避免社会排斥的情况发生，这种生存本能可能在无意识地助长由恐惧驱动的高功能性依赖助成行为，比如过度付出和无法真诚表达自我。

这是莎拉的顿悟时刻：天哪！如果我把这么多精力花在经营自己的生活上，我可能早就建造出了一个百万帝国。那时她才意识到，自己所做的已经超出了自己的极限。我认为莎拉承担情绪劳动的过程是进入了一种自动适应模式。她会不厌其烦地做一些他人甚至没有想到她会做的事情（而在其他的家庭动力中，情绪劳动往往是受到期待的）。顿悟之后，她开始调整自己的行为，以便做出更有意识的选择，在闲暇时间便能专注于享受和姐姐在一起的日子。

◪ 具有完美主义倾向

在以金钱为中心的急功近利的社会中，完美主义得到了广泛的认可，很少有人觉得完美主义会严重削弱一个人的能量。每个人都热衷于忙碌和成功，逐渐成为工作狂。我有一位来访者，她的生活态度是追求完美、永不满足，经常疯狂地加班，对此她辩解道："这样总比做一个浑蛋好吧。"好吧，我们都同意，比起做一个糟糕的人，具有完美主义要可取得多。然而，这种说法掩盖了遵循僵化而可怕的法则生活的巨大代价：只有当我做到所有事情并且都做得非常好时，我才会快乐、有价值、值得被爱。

审视自身：你是一个完美主义者吗

现在，花一分钟来评估一下你的完美主义程度。请阅读以下内容，勾选与自己的行为或态度相符的选项：

□ 非常挑剔：你对自己和他人都要求很高。

□ 相信"一分耕耘，一分收获"：你将对工作狂热视为一种荣誉，认为这是获得成功的必要条件。

□ 压力取悦：从小你就知道，取得成就能够获得积极的反馈，但你对成功的渴望与对失败的恐惧常常交织在一起，最终形成一个永无止境的压力循环。

□ 逃避平庸：对平庸的恐惧驱使着你不断追求完美。如果你在某项事业中投入努力，却无法确保获得成功，你就宁愿不做出尝试。

□ 全有或全无：你实际上害怕冒险，因为你渴望成为最好的，这影响了你做出尝试的意愿。

□ 拒绝保护：你非常恐惧遭受拒绝和失败，因此你很难对他人描绘真实的自己。

□ 常翻旧账：你经常回顾自己过去的失败，用"自己本该……"来自我折磨，而无法接受自己已经尽力了。

□ 过分针对自己：你对他人的批评（无论是感知到的还是实际的）非常敏感。在你看来，"建设性的批评"并不存在，任何略带批评的东西都会让你感觉自己受到攻击。

□ 过分羞耻：所有你能感知到的失败或失策都会让你感到内疚和羞耻。

□ 思维瘫痪：为了避免失败，你会过度思考，逐步引发极度的拖延。

如果你在这张清单上勾选了五个或五个以上选项，就说明你具有完美主义的倾向。学会掌控边界的过程并不是线性的，本书可以帮助你渡过这一旅程中的混乱曲折，时常提醒你善待自己，放轻松！

完美主义不同于追求卓越，因为完美主义是一种不切实际且永无休止的信念，认为自己（和他人）可以并且应该把每一件事都处理得当。它通常与高功能性依赖助成并存，因为两者都源于在不确定的、专制的、混乱的环境中成长的童年经历。童年时期会产生的想法是，如果一个人足够完美，他就可以阻止坏事（比如父母旧病复发或面临失业）的发生，并且可以不用遭遇批评、拒绝或更糟糕的事情。在童年时期，这种无意识的思维方式可能确实驱使你成为一名优等生或明星运动员，但在成年后，对自己和他人抱有不切实际的期望，不可避免地会引发你沮丧和失望的情绪，出现边界冲突。

要知道，我们目前仍处于增强觉察的阶段。随着这些习惯性行为进入你的意识层面，你可以逐渐将目光转向自己的内心。你与情绪劳动、替他人解决问题、完美主义以及其他高功能性依赖助成行为所做的斗争可以激活你的超能力——爱。你只有一点需要注意，那就是你必须建立健康的边界，来保护自己的天赋、才能、敏感性、生活，这样你就能有意识地做出选择——如何花费自己宝贵的时间和精力。

为什么你没有建立健康的边界

高功能性依赖助成者可能觉得，自己的行为是出于爱，而实际上，他们的种种功能失调行为可能由恐惧驱动。出于这样或那样的原因，许多高功能性依赖助成者在自己早期的生活经历中了解到，要得到爱、滋养、认可，自己仅仅做一个孩子是不够的。

像埃丝特一样，我们每个人都受到自己家庭和文化的独特影响，它们影响了我们真诚表达自我、与他人建立适当的边界、创造自己所爱的生活的能力。不论我们各自的文化背景如何，我们都是智人，是穴居人的后裔，被驱逐出群体可能意味着死亡。因此，我们赖以生存的原始本能早就进入了基因编码。通常，这种原始恐惧会削弱我们的判断力，使我们无法看清生活的真实面貌甚至可能性。我们（无意识地）一心想着，自己怎样才能不遭受拒绝，不经历毁灭。

除了避免遭受拒绝的本能之外，与之相关的另一种人类本能是战斗—逃跑—冻结（fight-flight-freeze，FFF）反应 [4]，这是我们体内的一种自动系统，用来保护我们免受潜在威胁（比如一群野生动物或一支敌对部落）的影响。由于这种反应的存在，一旦我们察觉到潜在的危险，皮质醇和肾上腺素就会释放到血液中。我们的呼吸速率会上升，来增加氧气的摄入量；我们的瞳孔会扩张，让更多的光进入，以便更好地发现危险；我们的血液会从胃部和四肢流入大腿和手臂的大块肌肉之中，为战斗、逃跑或保持不动做好准备。这是一套精妙的自我保护系统，在我们的生命真正受到威胁时非常管用。但是现在，当你走在街上的时候，剑齿虎袭击你的可能性已经为零，因此现在问题就变成了：当战斗—逃跑—冻结反应仍然是我们无意识之中的应对方式，让我们在闲逛时也感到自己身处真正的危险之中（即使现实并非如此）时，会发生什么？显然，会发生很多事情。

作家兼心理咨询师哈珀·韦斯特（Harper West）指出，在现代社会中，战斗—逃跑—冻结反应更常用于应对情感威胁[5]，比如他人的拒绝、批评和评判。因为人类是社会性动物，在人际关系和人际互动中遭受拒绝会对人产生巨大的影响。我们反应的重心已经转移为想象中的生命威胁，以及生活在长期恐惧和高度警觉的状态之中。哈佛医学院的研究表明，反复激活应激反应会对人的身体健康造成损害。长期压力可能引发高血压和其他疾病，并导致大脑产生化学变化，从而加重焦虑、抑郁和成瘾[6]。

我们每个人都与压力有着独特的关系，对一些人来说，他们的身体会对相对无害的情况（比如陷入交通堵塞，卷入人际关系或工作冲突之中）反应过度。我们都有那样一位朋友（或亲人），他总对未来进行灾难性的预测，总为最坏的情况做出假设和准备，即使这些可怕而糟糕的事情仅仅发生在自己的脑海中。然而，他的身体没有察觉到这个虚假的危险信号，还是释放了压力激素。在许多情况下，恐惧会成为一种习惯，一种自动化的反应，即使现实并不需要它。这是因为这种本能性情感反应的猛烈程度可以压制人类常识的力量。

好在我们可以对此采取一些措施。我们可以通过增强觉察、培养稳定而健康的日常习惯，来抑制这种无意识的压力反应。良好的睡眠习惯、规律的体育锻炼和正念练习（比如冥想练习和呼吸训练）可以减轻身体的不良症状。你可能会为一个简单的五分钟呼吸训练的强大镇静效果感到惊讶。

　　健康的日常习惯还能使人思维清晰。这是至关重要的，因为持续的压力会影响我们准确评估现实情况的能力。比如，在情绪激活的状态下，你可能会对你最好的朋友大喊大叫（战斗），而本来展开一次坦诚的对话就能解决问题。或者你可能会提前溜出会场（逃跑），因为你害怕与人闲聊。会计部门的鲍勃说了一些不恰当的话，而这时你的脑子一片空白（冻结）。这种高度警觉的自我保护状态在女性身上非常普遍，可能会成为建立健康边界的重要障碍（本书将在第 9 章探讨克服冻结反应的有效技巧）。

　　在所有这些情况下，如果我们对遭受拒绝的恐惧（也称为死亡恐惧）大于我们得到理解的渴望，我们就不太可能说出自己的真实想法。这是可以理解的：顺畅呼吸比得到理解更重要。

　　这种应激性的压力反应还会不断抑制觉察能力的提升。

审视自身：4×4 呼吸技巧

以下是一种我经常使用的呼吸技巧，只需要几分钟就能掌握，你可以随时随地进行练习，即时获得一种平静感。现在就花一分钟来学习它吧，感受这股拂面的清风。

以下是一些具体的步骤：

1. 舒适地坐在椅子上，双手放在大腿上，眼睛向前看。
2. 吸气，默数 4 下。
3. 屏住呼吸，默数 4 下。

4. 呼气，默数 4 下。

5. 屏住呼吸，默数 4 下。

6. 重复这一过程，完成 4 个回合。

现在你会感觉好多了。在需要的时候，你可以随时进行这个快速缓解压力的练习。

举个例子，我有一位来访者名叫贝丝，她是一位银行出纳员。她之前并非自愿地参与了丈夫的阴谋，窃取了一位没有指定继承人的已故客户的银行账户。在执行这个漏洞百出的计划之前，贝丝从未触犯过法律，但她还是听从了丈夫的安排，最终被判入狱。她如此害怕丈夫的拒绝，以致完全丧失了自我和自己的道德观念。这是一个极端的例子，说明了害怕遭受拒绝会引发自我抛弃的行为。和我们所有人一样，贝丝最终需要为自己做出的选择负责，不管是哪些无意识的因素影响了这个选择。

真诚交谈

战斗—逃跑—冻结反应是我们身体内置的保护系统，它可能会因受到情绪威胁（如批评、拒绝、攻击）而触发，这些情绪威胁可能影响我们的感知和良好的判断。

如果你对感知到的威胁做出爆发、拒绝沟通、忽视、攻击或逃避的反应，这将阻碍你有效地、坦率地建立边界。通过觉察一直在主导你的战斗—逃跑—冻结反应，以及它如何影响你的生活，你会更容易做最好的自己，发挥自己的主观能动性。要知道，自我认知为你提供了你最需要关注的真实信息。面对自己对遭到拒绝的恐惧，并了解自己可能何时会做出战斗、逃跑或冻结的反应，你会开始更加了解，为什么自己没有在各个生活领域建立健康的边界。当你不再受制于自己无意识的生死抗争的幻觉时，建立和维护健康的边界就会变得容易得多。

在埃丝特的案例中，我们共同做出了许多探索和努力，她逐渐意识到，父母对她职业选择的失望和批评，对她来说就是生死抗争式的威胁。她所感知到的这种威胁是引发她痛苦情绪的重要因素，这种痛苦助长了她的工作狂倾向，从而加重了她的身体症状。在高功能性依赖助成的"自动驾驶模式"之中，她无意识地相信，如果自己在自己所选择的领域足够成功，父母最终就会接受自己的选择，并为自己感到骄傲。（潜台词：自己不会被赶出群体，从而避免遭受拒绝、经历毁灭。）

埃丝特逐渐意识到，自己的职业驱动力不仅仅是纯粹的事业抱负，这让她的观念发生了根本性的转变，使她开始审视自己对失败和拒绝的恐惧。承认这些恐惧的存在削弱了它们对她的影响，这让她开始质疑自己的一些限制性信念的合理性，从她之前一直坚信的"如果父母对自己的职业不认可，自己就永远不会快乐"开始。我们的咨询过程给了埃丝特许多启发，她开始逐渐感到精力充沛、如释重负，对于感受到的未来新的可能性感到兴奋。

随着时间的推移，埃丝特逐渐发现，自己可以接受父母对自己有所期望，而仍然对自己独立做出的选择感到满意。事实上，她甚至感到很自豪。她开始接受这样一个想法：自己需要梦寐以求的工作机会来获得内心的满足。她认识到，充满爱心和有责任感并不意味着完全服从他人、抛弃自我。

我们还收集了一些宝贵信息，了解她对自己的人际关系的真实感受（没有那么满意）。当她意识到自己对遭受拒绝的恐惧如何影响了自己的生活，尤其是在自己与伴侣的关系之中的时候，埃丝特柔和而坚定地后退了一步，这样她就可以只做一个女朋友，而不是身兼数职——女朋友、代理母亲、管理者等。

通过有效沟通建立健康的边界

建立个人边界的核心是表达真实的自我。对于高功能性依赖助成者来说，一个很大的阻碍是，他已经与自己的真实感受脱节，正如我们之前所讨论的那样。这就是我们不断增强的觉察将要发挥作用的地方。接下来，我们将介绍一下关于沟通的入门知识。

正如你会根据自己童年时期的观察和经历来认识边界，你也是根据自己原生家庭的风格和文化来学习沟通的。不同的文化对于什么是可以谈论的，什么是禁忌有着不同的约定（既有说出来的约定，也有默认的约定）。

以我为例，我成长在一个典型的美国白人家庭，我家基本上从不谈论稍显混乱的事情。气氛一紧张起来，往往就会有人说句无伤大雅的话来缓和，比如："你想吃水煮蛋还是炒蛋？"或者"今天天气真好，你说对吧？"结果就是，家人之间的很多情感都受到压抑了。

在我二十多岁的时候，我常常非常沮丧，因为我的男朋友总是猜不透我的心思。我轻率地认为，我们之间没有心灵感应意味着他不爱我。然而现实是，我不知道如何充分地表达自己，因此感到沮丧，就会责怪他，作为一个高功能性依赖助成者，我的怨恨会迅速累积。到了某个时间点，我知道自己必须下定决心提升沟通能力了，不管我的男朋友或其他人在做什么。我希望你也下定了决心。我很喜欢甘地的一句话："你想在人际关系中看到什么改变，就做出什么改变。"

实际上，沟通只有两种类型：有效沟通与无效沟通。如果你的目标是建立健康的边界，那么有效沟通是你必须掌握的技能。其他技能，比如情商、洞察力和同理心也很重要，但有效沟通是最重要的。有效沟通是我们用来建立健康边界城堡的砖块和砂浆。

我们先来谈一谈什么是无效沟通。你是否曾经一边说"好的"一边想着"为什么"，然后无奈地叹气，之后用自己的肢体语言来表达沮丧？作为人类，我们需要被关注和被看见。如果你不能使用直接的语言（你觉得这样太具威胁性了）来传达信息，那么你会找到一些隐秘的方法。

被动攻击，即间接地表达愤怒，可能是最具破坏性的隐秘沟通形式之一。想想看：砰的一声关上门、讽刺挖苦、重重地叹气、翻白眼，还有故意拒绝回应（当然，还有冷冷地只回答一个字）。你去过美国南部吗？在那里，社会认可的被动攻击几乎成了他们的一种方言。比如，在一场吐槽大会结束时加上一句"愿上帝保佑他"通常意味着，他是个白痴／一团糟／不务正业／情商极低。在更直接的"你在开玩笑吗？"的东北部攻击流派中长大的我，也能看出"愿上帝保佑他"并不是什么祝福的话。

无效沟通是间接的。你可能是被动的、胆怯的、神秘的、矜持的。你可能是愤怒的、敌对的、恃强凌弱的、好斗的。无论无效沟通如何呈现，你都没有以一种对方能够接受的方式表达自己的需求。这通常会让他人感到困惑、恼火，对你产生误解。当无效沟通在发挥作用时，你便要面临这场对话最终会一团糟的风险。你们中的一方或双方都会觉得自己必须在没有解密钥匙的情况下解码对方的晦涩信息。没有人能成为赢家。

如果你在以上这些情况中看到了自己，请振作起来。没有人的沟通是百分之百无效或有效的。但是，就像你能弄清楚如何烤一个三层巧克力蛋糕、引用一篇研究论文、跳萨尔萨舞一样，有效沟通的技巧是可以习得的。（如果你想先睹为快，你可以阅读本书第 10 章，参考其中一些现实生活对话，帮助自己更自信地表达自己的想法。）

　　有效沟通是直接的、一针见血的，不会让人对你所说的内容感到费解。你是果断的，而不是好斗的、被动的。你对表达自己需求的恐惧会减轻，你可以提出一些直接的请求。比如，"米莉姨妈，我想对你提出一个小小的请求——不要总是打断我讲话。"你可以用友好而愉快的语气来请假。你不会被无数个"对不起"掩埋自己的真正需求，也不会绕过自己真正想要提出的事情。无论对方的反应是什么，你都能够保持清晰而开放的心态。最重要的是，如果你愿意的话，对生活中发生的每一件事，你都能够感知并表达自己的真实感受。

　　在有效沟通中，对话一定是双向的。学会全神贯注而带有兴趣地倾听是至关重要的。关注对方的需求和观点，而不是一直等待可以插入自己观点的时机。我们遇到过那种一直等着发表自己想法的人，他并没有真正吸收你说的内容，因为他们在思考自己下一次可以提供什么宝贵建议。有效沟通的关键在于，你了解自己的感受，能够主动做出回应而非被动做出反应。一旦实现这一点，生活将以你可能从未预料到的方式真正向你敞开大门。

在生活中进行积极的改变

　　我们在心理咨询中探索的这段日子里，埃丝特接触了更多自己的真实感受，并意识到自己一直在与男朋友进行无效沟通。她从未告诉他，自己并不总想为他买单、帮他摆脱困境、进行心理疏导。相反，她已经习惯用故意翻白眼、重重地叹气、转换话题来表达自己的不满，在男朋友因没有获得工作机会而感到沮丧时，她也没有真正地倾听他的想法。

由于她根深蒂固的思维是要帮助他人解决问题，因此她经常打断男朋友讲话、以权威的姿态介入男朋友的生活。（埃丝特对这一点知之甚少。）在无意识中，埃丝特有一种被人需要的需求。她的过度付出和过度行动是由她对未知的不安和自我抛弃的痛苦所驱动的。

一旦她理解了自己的行为，她就发现表达自己变得更容易了。她的伴侣对他们之间关系动力的改变感到不适（详细内容请见第7章）。最终，她对自己的行为有了更多觉察，能够越发清晰地表达自己的需求，这为她创造了更多空间来真正尊重自己的男朋友。她降低控制的新状态也为男朋友创造了更多空间，采取更多有益于伴侣关系和他自己生活的行动。

对埃丝特来说，推动自己生活中的积极变化为她带来了各种各样的情感。在不同的时刻，她会感到惊讶、宽慰、沮丧、充满希望。她引用诗人威廉·布莱克的名言，将这种感觉比作"净化感知之门"[7]。

掀开高功能性依赖助成的安全毯需要勇气、胆量和自我决定的渴望。（这项工作不适合内心脆弱的人！）这可能让人感觉像一种清算，至少对于我们大多数人来说，都是在清算很久以前的事（像是上辈子的事）。

　　坦率地说出你的边界风格可能在此刻感觉像攀登高山。但请相信，你可能感到的任何恐惧都是完全正常的。最终，你的收获将远远大于任何可能的恐慌情绪。在重新建立自己的边界的过程中，你正在创造一个全新的七彩世界。正如民权活动家和诗人奥黛丽·洛德（Audre Lorde）所说："当我敢于变得强大，敢于用我的力量为我的愿景服务时，恐惧就变得越来越不重要。[8]"

　　喝口水，休息一下，我们下一章见，我们将更深入地探讨不良边界的内容，它们一直在削弱和破坏你的边界魔力。

　　我支持你，你可以做到的。

▶ 将掌控边界付诸实践 ◀

1. **保持觉察**。关注自己何时会向他人提出不请自来的建议，感觉自己需要填补对话空白，与人进行间接沟通。

2. **深入挖掘：情绪劳动评估**。你做了多少隐形的、无偿的、令自己感到筋疲力尽的情绪劳动？请阅读本书末尾"深入挖掘"中的相关内容，找出自己可能在哪些方面为谁承担了分外工作。

第 4 章

弥合边界信息残缺问题

我们所不了解的事情最有可能伤害我们。

这就是瑞秋的情况，她来向我寻求帮助，想弄清楚为什么自己现在生活困顿。多年来，她一直是一名自由平面设计师，有着稳定的客户来源，但她常常觉得自己可以做得更多。她心里有好几个感兴趣的项目，但她找不到时间把它们付诸实践。她的感情生活简直就像一连串的风花雪月，每一段持续的时间都不长，在开始时热情似火、直抵灵魂，而最后总会不可避免地走向崩溃。当她开始接受心理咨询时，她已经陷入了一段有毒的、时断时续的恋爱关系，她的男朋友无法再为她提供情感支持。他常常一声不吭就离开他们共同居住的地方，而且往往是在他们之间的亲密关系达到一个新的高度的时候。

她告诉自己，自己可以接受男朋友的若即若离。作为一个完美主义者，瑞秋觉得，在自己变得更加成功之前，自己是没有资格拥有一段亲密关系的。她那若即若离的男朋友非常富有，这只会让她更加坚信（也就是恐慌），她必须达到一定的经济水平和专业能力，才能进入一段认真的亲密关系。因此，男朋友没有全心全意地陪在自己身边，自己反而就有更多时间来提升自己的经济水平了。她告诉自己（和我），他们之间的情感联结足以滋养她的生活。

她充满信心地给出了这一评价。显然，她在心里已经琢磨了一段时间。

"当你的男朋友突然消失的时候，你有什么感觉？"我问她。

"难过。"她低下头说。

"当他回来时，你感觉如何？你会告诉他你的感受吗？"我问。

她摇了摇头，她会选择自己生闷气，愁眉苦脸地跟朋友们吐槽自己的亲密关系，还会每周上 6 节热瑜伽课。之后，当她不可避免地再次见到他时，她会表现得无事发生、一切安好。

她有些不好意思地补充说："但有时候，当他做得太过分时，我确实会情绪爆发。"

在这些时刻，她表达的不是愤怒，而是悲伤。她的男朋友总是对此感到理解，但在行为上从未做出改变。尽管她深陷这种不健康的关系动力之中，但她也知道自己需要改变。为此，我知道我们必须进行某种探险，深入瑞秋心灵的地下室，看一看四处都在发生什么，解锁她的边界蓝图。

解锁根深蒂固的想法和信念

通常，当我们陷入边界混乱的地狱之中时，我们没有意识到的是，我们的边界蓝图正在驱动着我们成年后的信念和行为。你可以将你的边界蓝图想象成你从未参与设计的房屋的建筑蓝图。

要想在生活中充分发挥自己的能动性，解构源自童年的根深蒂固的信念是至关重要的。这些信念大部分是无意识的，已经影响了你生活的方方面面，而且大多数时候都是并不积极的影响。如果没有提升意识和改变行为，我们就会重演自己在童年时期所看到和感知到的事物（请阅读第 5 章"不健康边界模式的重演"一节的内容）。

这实际上非常有道理。孩子们总是在观察、学习，从他们所处的环境中吸收信息。他们会观察父母的处事方式，并清晰地接收这样的信息：这就是与这个世界建立联结的方式。这些信息会成为他们相信什么和如何行动的基准。

作为成年人，我们能够理解，大多数父母都尽了最大的努力，我们也能够认识到父母的局限和无知可能塑造了对我们有所伤害的经历或信念。即使父母希望孩子过上更好的生活，他们可能也没有技能来实现这一目标。

你的父母也无意识地根据他们父母的行为方式来勾勒自己的边界蓝图。边界蓝图，就像家庭菜谱或家庭传统一样，往往代代相传。而这种未经审视的"遗产"塑造了我们如今的生活方式。

在这一深入挖掘的过程中，最重要的方面就是真正了解到，数十年前，甚至数百年前，有人为你设计了边界蓝图。仔细想一想这件事，沉淀一下。我们许多人在边界问题上的决策都是基于过去的信息。是的，代代相传的边界蓝图勾勒了你现在特有的边界和沟通问题。

**真诚
交谈**

你的边界蓝图反映了你早期的童年经历，以及代代相传的家庭传统和文化信仰，这些信仰在无意识地驱动着你今天的边界行为。

▪ 了解自己的抵触情绪

对于探访自己"心灵地下室"中尘封已久的事情，瑞秋并不感兴趣。当我问起她的父母如何沟通和建立边界时，她产生了抵触情绪。

"他们两个人做得都不好，但如果我们要谈论那些事情，可能要说上好几年，"她翻了个白眼。

审视自身：你的边界蓝图是什么样子

还记得那个布满灰尘的"心灵地下室"吗？为了向边界的大师进阶，我们必须找到勾勒了你边界蓝图的童年经历。将封存已久的箱子从地下室（你的潜意识）搬到楼上（你的意识），让你看到它，并改变它。

请你回顾一下：

□ 回想你在童年的家中，大家能否拥有自己的个人想法、建立个人对话和个人关系？

□ 你是否得到允许和鼓励，能够表达自己的想法和感受，尤其是与家庭其他成员不同的想法和感受？

□ 当家庭成员之间发生冲突时，大家能够心平气和地讨论并解决问题，还是会相互争吵，或者彼此陷入冷战？

回顾这些问题可以帮助你快速勾勒自己童年的边界概貌。这是有帮助的，但将整幅蓝图填充完整才是关键。边界蓝图填充练习是你成为边界大师之旅的基础练习之一。在你读完这一章内容之后，泡一杯茶，在你的冥想空间里舒适地坐好，开始进行这项练习吧。请翻到本书"深入挖掘"部分阅读相关内容，开始进行练习吧。

在我引导瑞秋了解她所继承的边界蓝图之前，我需要让她明白，把她现在生活中的点点滴滴串联起来实际上是有益的（并且不需要花费数年时间）。我们需要找出，是什么为她现在的亲密关系模式埋下了种子，但首先她必须克服自己坚如磐石的抵触情绪。

抵触情绪会助长自我抛弃行为。我经常看到这种情况发生，来访者满怀激情地期待着改变的发生，但他们实际上没有做出行动来实现自己的目标。你可能会想，为什么有人会不做出行动来追求自由、幸福、成就呢？答案是，抵触情绪会帮助我们避免有意识的个人转变所带来的不适。这种本能并不意味着我们是错误的、糟糕的、不足的，它只是一种人类属性。

未知总是令人恐惧，而当我们做出决定，想要超越那些令我们陷入困境的模式、信念和行为时，我们总要面临未知。因此，我们会找到各种各样的理由来自我合理化，不去做那些我们说过自己想要做的事情。比如，如果你对建立健康边界产生抵触情绪，你可能会把你正在阅读的本书借给你认为更加需要这本书的朋友。（将依赖助成当作借口——你可真狡猾！）或者，也许你会卷入与你无关的纷争，这样你就可以推迟时间，不用马上做那些自己内心深处知道自己应该去做的事情，为了自己，也为了自己的生活。

真诚交谈

抵触情绪会助长自我抛弃。这是人类的一种无意识属性，为了避免有意识的改变和个人转变所带来的不适。

你在不健康的行为模式中获得了什么

瑞秋的抵触情绪如此根深蒂固，这让我意识到，帮助她摆脱困境所需要的不仅仅是鼓励她对自己的感受保持好奇，我们还必须了解她的次生收益（secondary gain），也就是，她是如何从自我抛弃这一抵触情绪中"受益"的。

一个月后，我对她说："我要问你一个问题，听起来可能有悖直觉，但请你不要介意——你一直坚持不去面对男朋友常常玩失踪这件事，陷在这种关系之中，你能得到什么？"

瑞秋茫然地看着我："这是什么意思？"

"让我说得更具体一点儿。通过保持这种关系模式，你不必感受、面对或经历什么？"我问。

瑞秋考虑了一会儿，回答道："我可以避免发生冲突，不用发起一个我真的不知道该如何展开的对话，也不用感到尴尬。"

显然，瑞秋不想暴露自己的脆弱，而这正是她与男朋友坦诚交谈所必需的。她不知道如何问男朋友为什么会突然消失几天甚至几周，然后又好像什么都没发生一样重新出现。因此，从本质上讲，她是在保护自己，不去感受遭受忽视或抛弃的痛苦。我的感觉是，这种痛苦是她尚未探索的童年痛苦的一种镜像。

次生收益是我们在不健康的行为模式中获得的没那么明显的收益。对于主要收益来说，做出某种行为所获得的好处是显而易见的，比如去健身房锻炼来获得内啡肽所带来的快感。而次生收益在更隐秘的层面上发挥作用，通常是无意识的。比如，一位身处无爱婚姻中的女性可能会每晚坚持使用"葡萄酒疗法"（尽管这让她在一天的其他20个小时里感到痛苦），来麻痹自己绝望、无助的感觉。除非你开始觉察和探讨自己是如何从混乱的行为之中"受益"的，更具体来说，这种次生收益是用来对抗什么感觉和经历的，否则所有的努力都无法推动你前进。

毫不奇怪，次生收益是人们陷入混乱的关系、不健康的边界和沟通模式的主要原因之一。幸运的是，了解自己的次生收益可以帮助你摆脱抵触情绪，进入有意识的掌控边界之旅。

**真诚
交谈**

问一问自己，如果你保持原状，你不必感受、面对、经历什么，这能让你发现其中隐藏的好处。问一问自己这个问题，它是克服抵触情绪的强大工具。

对瑞秋来说绝对是这样。当她开始了解自己所处困顿背后的动力时，她感到如释重负。她承认自己一直在为陷入现在的处境而自责，觉得自己有着非常严重的问题，她在常识层面知道，这段关系的存在对她并不好。现在她知道了，自己并不是唯一一个用这种本末倒置的方式来保护自己的人，这让她对自己拥有了更多同情。看啊，这个小小的胜利可一点儿也不渺小。

痛苦是做出改变的唯一最强动力，因此，如果你的次生收益在暗中保护你免受痛苦，那么猜一猜会导致怎样的结果？结果就是，你不再拥有改变的动力。

社会上可以接受的饮酒、工作狂、过度锻炼［我称之为"荫护成瘾"（shadow addictions）行为］通常会阻碍个人的成长，但能够成为回避痛苦情绪的一种次生收益。这些行为麻痹了我们实在不愿感受的情感。尽管荫护成瘾可能不会立即或永远引发严重的成瘾问题，但它们会助长情绪混乱，而不是情绪清朗，从而阻碍我们的个人成长。这些混乱的行为除了会减轻激励我们建立健康边界的痛苦之外，最终还会给我们带来一些干扰性的痛苦（比如，健康状况变差、醉酒带来的麻烦），占用我们的精力，消耗我们的能量。当你需要不断扑灭自己无意识放的火，因此难以应对和解决真正的问题时，你就没有足够的心理空间来探索自己的"心灵地下室"。

真诚
交谈

"荫护成瘾"这种行为会麻痹我们的情感，让我们分心，使我们一直陷入熟悉的混乱模式和行为之中。

通过心理咨询的探索，瑞秋现在能够觉察到自己的次生收益，以及她对热瑜伽的荫护成瘾——她无论如何都要进行瑜伽练习（即使在发布高温警报的日子里也是如此）。现在我们终于取得了一些进展。

改变无意识的不健康行为模式

对瑞秋来说，觉察的增强推开了自己"心灵地下室"的门。慢慢地，她开始敞开心扉，讲述自己童年时期的所见所闻。她的父亲是一位受人尊敬的律师，掌握着整个家庭的经济命脉，这使他拥有更高的家庭地位。因此，她的母亲常常要向父亲索要一些基本的生活开支，用于孩子们的食物、生活用品、校服等。这种金钱和权力的斗争每天都在发生，每天早上在父亲上班之前，母亲都会向他求得当天的生活费用。瑞秋记得自己当时在想，自己将来绝对不要变成这样。

冲突还是爆发了。有一天，母亲带着瑞秋来到父亲的办公室，在他的客户面前大闹了一场，她尖叫道："我们的家里需要地毯！你怎么可以在这里铺上新地毯，而不给自己的家人买呢？"

母亲的情绪失控非常激烈，以至于客户不得不离开办公室。但后来全家人聚在一起吃晚饭时，父亲只是说了一句："亲爱的，猪排做得很好吃。"

没有人提及白天的大吵大闹，也没人再说起地毯的问题。这种对承认事实的缺失会让孩子们将这种功能失调的状态内化，有时候他们会陷入自我怀疑，觉得一定是自己出了什么问题，因为父母表现得好像他们的功能失调行为是正常的，或者事情根本就没有发生。

瑞秋童年时期的这个生活片段揭示了她的家庭动力模式——父母不擅长处理冲突、常常无法有效地解决问题。他们这种忽视、否认、之后爆发的关系模式在存在虐待、成瘾、无效沟通的家庭中非常常见。

在建立人际关系边界问题上，许多家庭都为他们的孩子内化了一些糟糕的模式。结果是，孩子们对此进行了解读，认为人们就是会如此行事，自己也应该这样做。作为成年人，我们不知不觉地将我们的生活和人际关系建构在了错误的动力之上。

我们一旦接触到瑞秋"心灵地下室"的潜意识内容，就很容易理解为什么她和男朋友之间的关系模式对她来说如此熟悉。深入探索童年时期的难忘回忆是痛苦的，但是在觉察到继续陷入困境比面对真相痛苦得多之后，瑞秋开始允许自己哭泣，她在我的办公室和家里哭个不停。

她的眼泪令她逐渐清醒过来。她意识到自己就像母亲一样，很多自己的需求都没有得到满足，因此偶尔会情绪爆发，而这并没有改变男朋友的行为。她的母亲在避免发生冲突中的次生收益是她不必冒险成为单身母亲。和她的母亲一样，瑞秋因为害怕许多东西会离自己而去，因此常常压抑自己的情绪，在无法忍受时就会情绪爆发。和她的母亲一样，瑞秋感到无助，对男朋友恶劣行为视而不见，因为她觉得自己对他们之间的种种都无能为力，特别是他们之间的经济差距。

真诚
交谈

　　检查你的边界蓝图，你可以改变那些既定的、无意识的功能失调模式，有意识地为自己、他人和这个世界绘制一幅更好的蓝图。

　　现在，瑞秋对自己的边界蓝图有了更多的了解，她很兴奋，准备有意识地绘制一幅全新的蓝图，这个蓝图基于自己想要的未来，而不是基于自己家庭的过去。

混乱边界模式的常见表现

　　现在你已经对边界蓝图有了一定的了解，接下来让我们来看一看，混乱的边界行为模式在日常生活中的一些常见表现。

■ 你的 VIP 区有隔离带吗

　　花一分钟时间思考一下，你总是对谁表达特别关心、为其调整时间安排、常常想要取悦他？更重要的是，问一问自己为什么这样？

　　你的 VIP 区代表着你的心灵、思想和生活中最为神圣的地方，它是（或者应该是）为那些能给你增添价值感的联结——令你感到愉悦、受到滋养、充满活力——所预留的空间。事实是，并非每个人都值得待在那里！在值得成为你的 VIP 的关系之中，彼此之间有着相互尊重和健康的让步。你的 VIP 不必是完美无缺的人，他们和你一样都是人，但他们肯定不会令你感到筋疲力尽、受到利用或虐待。

然而，如果你总是想着取悦他人，那么你可能受到了潜意识蓝图的影响，这个蓝图规定，所有的家庭成员都必须进入你的 VIP 区，还有朋友、你的前任、冤家对头，基本上所有认为自己属于那里的人都必须进入你的 VIP 区。你的 VIP 区没有保安，没有隔离带，因此你也可能没有内心的平静。

有些人自以为有权获得你的 VIP 区的全天候通行权，而如果你还具有高功能性依赖助成，你的默认反应就不会是直接纠正他们的权限。也许你有一个朋友，每当她的生活出现问题时，她都会打电话给你寻求高质量的安慰（无论在白天还是在晚上）。你不情愿地倾听着，胃部疼痛难忍，之后你会向一个真正处于你的 VIP 区的人倾诉："我真不敢相信，她又是这么晚给我打电话！她这是怎么回事？她为什么会这样？"

然而，说真的，你不必在乎她为什么给你打了无数次电话。我们不应该关心他人为什么做某件事。毕竟，我们也会做出一些荒谬的事情，他人也能够理解。这并非你的问题，除非你让它成为问题。关注他们只是在分散你的注意力，你应该把注意力重新放回自己身上。

成为一个边界大师意味着，要对自己为什么做某事感到非常好奇。在上述的情境中，真正的问题是，为什么你一直接电话？

你的 VIP 区是基于你的价值观、正义感、底线而建立的。如果你有一个行为不端、触犯法律的朋友，而诚实和正直对你来说很重要，那么问一问自己，这个人有资格进入我的 VIP 区吗？答案很可能是否定的。

你可能会纠结于忠诚或对家庭的奉献等压迫性的观念，这是很正常的。但是，如果你的母亲、父亲、姐妹或者其他人没有赢得你的信任和尊重，你有权利与其划清边界。事实上，你有义务确保，没有人在未经你明确许可的情况下侵犯你的边界。

要知道，当你拥有健康的边界时，你会积极地区分，哪些人的优先级较高，哪些人的较低。这听起来可能有点儿冷酷，但事实是，把自己生活中的每个人都放在高优先级的位置上是不可能的，也是不合适的。与某人共度时光会让你感到精力充沛，还是精疲力竭？你期待和他相聚，还是暗自害怕？哪些关系对你来说更像是一种义务，而不是一种选择？这些问题的答案应该能够告诉你，你允许多少人接近你的生活，花费你的精力和宝贵的时间。

请注意，如果你不想，那么你不必现在（或者永远不必）做出任何重大的决定。本书的目标是让你明确了解，谁有资格进入自己的生活、享有特权，这出于你自己的选择。你可以随时修改你的 VIP 名单。无论是亲戚、朋友还是要求苛刻的同事，你无须戏剧性地断绝与任何人之间的关系，除非你想这样做。学习掌控边界教会你，将受限制的思维方式（如果我不让表妹来参加我的生日聚会，她就会很难过）转变为充满力量的、关注成长的思维方式（我想和谁一起庆祝我的生日？）。关键是，你是拥有选择权的，如果让表妹来参加你的生日派对让你感到压抑，那就不要请她来。

◾ 你总是即刻同意吗

你会有意识地表示同意，还是"当然可以"已经成了你的默认回应？如果是后者，你可能已经陷入了自动同意的状态。任何自动的反应都不是一种有意识的选择，我称之为"即刻同意"。比如有人请你组织孩子班级的筹款活动，而你正忙着搬家或者照顾生病的母亲，真的没有时间整理资料或者做其他需要的事情，但你还是答应了，好像你根本没有选择。

不假思索地表示同意是长期条件反射的结果。你可能觉得自己很容易受人摆布，他人可能也是这样想的。而通常情况下，在那一刻，你的内心深处知道，你本应提出拒绝。

叫停"即刻同意"比你想象的要容易。你可以试着在听到对方的请求后沉默片刻，来练习中断这一习惯。

虽然保持片刻的沉默可能让你感觉像是，房子着火了但不打电话呼叫消防队，然而实际上，你值得拥有这样的时间。（而且并没有真正的火灾和危险存在。）你不需要对任何人做出即刻同意，甚至是延迟的同意。你可以稍做停顿，然后简单说一句"我想考虑一下"，这可能是对你有所帮助的一种回应。当你不再自动同意与你真实感受相悖的事情时，你会惊讶地发现，自己感到多么自由而轻松。

在这个例子中，"留出一些时间"中断了根深蒂固的思维模式，可以帮助你腾出空间来思考你真正想要的和你的真实感受。试试看！无论如何，我们必须停止做那一大堆我们真的不想做的事情。这样我们才能全身心地投入自己真正想做的事情之中。

你也可以尝试用其他方式来运用沉默的力量。与其觉得自己有责任填补尴尬的沉默，不如把这些时刻视为有力量的停顿时刻，这能够让你更加真实地建立联结。为了避免沉默的尴尬而说话在当下可能是更容易做出的选择，但这也会令你错过拥有更深层的联结和亲密的机会（这并非真正的边界大师的处事方式）。如果你有意识地在某些时刻保持沉默，你可能会惊喜地发现，自己对生活中的人和自己都会拥有更为深入的了解。

**真诚
交谈**

混乱的边界模式包括，无法明智地辨别谁可以进入自己的 VIP 区，以及在考虑自己的需求、愿望、感受之前自动地迁就他人。

◼ 你总是过度付出吗

"过度付出"是"即刻同意"的邪恶继母。如果你是一个倾向于过度付出的人,那么你总觉得自己有责任付出,直到无法继续付出为止。如果你是一个高功能性依赖助成者,你就肯定知道这是什么意思:自愿承担所有事情,不遗余力地给生病的同事送慰问品,主动提出帮忙完成分外之事。然而,事实是,你自以为有人需要帮助,提供帮助的人当然应该是能干的自己。

然而,你不必认定高功能性依赖助成者必然陷入混乱的边界陷阱。作为女性,这个世界一直在灌输我们要以特定的方式活着。如果我们成为好妈妈、好姐妹、好女儿、对每个人都很友善,那么我们就是无私的。我们会处理任何人交待的事情,还常常以慷慨和友善的名义,不恰当地插手他人的事情。作为一个正在康复中的过度运转者和过度付出者,我真的非常理解这种状况。将他人的需求置于自己之上,这让我们成为好人,对吗?事实证明,这种想法是错误的。

下次当你再有这种冲动的时候,问一问自己:我是出于爱,还是出于恐惧或需要而付出?你可能表现得风平浪静,拒绝认为自己有所恐惧、有所需求。然而,在很多情况下,它们才是看上去和谐而优雅的背后所隐藏的东西。也许有所恐惧的部分是害怕他人觉得自己迟钝,有所需求的部分是自己需要感觉良好、平静、可控。你还可能试图成为他人不可或缺的人,来获得一种安全感。

然而，如果你一直维持这样的状态，那么"美好"的光芒会逐渐消失。最终，你会开始感到怨恨，甚至可能对全人类感到厌倦。他们都在自私地利用他人！（这里只是在开玩笑，但怨恨听起来确实很像这样。）事实是，我们常常会责怪他人的权利意识，来避免让自己的边界秩序恢复健康。我们必须知道，付出是出于爱，而过度付出是一种功能失调行为。

过度付出和依赖助成行为最终会让你感到空虚，因为到了一天结束的时候，你已经变得一无所有。如果你对生活的总体解决方案是"做得更多"，那你真的是一位建设性的问题解决者吗？答案是否定的，因为没有人能永远付出。

走出这个可怕的、自我抛弃的陷阱的方法是正念以及自我关怀。要打破这种根深蒂固的思考模式，请优先考虑自己，而不是为他人付出。在做出承诺之前，先与自己进行沟通。根据自己的可用资源、自己的感受，以及对方是不是自己的 VIP 来做出每一个决定。你可以做到的，这需要多加练习，但你绝对可以成功。在这样做的过程中，你会重新调整你的慷慨计量器，更为舒适而真诚地付出。

◾ 你总是当下同意而事后悔恨吗

你是否曾经答应与亲人或同事一起做某事，然后离开时会想："糟糕，我刚刚为什么答应要做那件事？"这是一种将会引发怨恨的模式，一种回避不适的短期策略，但从长远来看会有许多问题。

以下是一个典型的例子。我曾经有一位来访者，她来自美国中西部一个贫穷的务农家庭，即将与纽约曼哈顿一位富有的房地产大亨结婚。她真的很爱他，但他的家人对她并不满意，觉得她只是一个拜金女。了解他们的想法后，她立即同意了签署一份对自己极为不利的婚前协议。她对我说："我相信一切都会好起来的。"后来事实证明，一切都不好，一点儿也不好。

10 年间，他们有了 3 个孩子，她的丈夫拥有好几段婚外情，他家人的愿望后来终于实现了：他们的婚姻破裂了，而她没有得到任何保护。她失去了自己的家、赡养费以及他们大部分的"共同朋友"。为什么会这样？因为她当时决定通过签署婚前协议来取悦他的家人，而不是维护自己的利益。她天真地希望他们最终看到她的好意，开始爱她、接纳她，但这从未发生。

通常，在我们表示同意的当下，我们会感受到压力，而无法觉察到（或者仅仅觉察到一点）自己未来可能会非常生气。这种类型的同意有时出于害怕自己显得自私。我们以为牺牲自己的利益会让我们变得更受欢迎或者更有影响力。

我的来访者不想让自己显得贪婪，因此她签署了那份婚前协议。朋友们，我们真的需要认真审视这种过时的、寻求他人认可的、自我抛弃的行为。一个能够照顾好自己、优先考虑自己的想法和感受、了解何为糟糕交易的女性才是掌控边界的大师。这是一件好事。

◢ 你总是拒绝他人的帮助吗

"没关系，我自己来。"如果这是你的常用回答，那么你可能倾向于拒绝帮助，即使这种帮助是真诚的、不求回报的。对于我那些高功能性依赖助成的姐妹来说，即使自己真的需要帮助，请求帮助也是一种最为糟糕的选择。如果你对大多数事情都有一个自动的"没事，我很好"的回应，那么是时候审视一下自己了。

我非常了解这种习惯。我和我的丈夫维克多刚刚开始约会那时候，我习惯于自己做所有的事情（甚至更多）。从我们的恋爱之初，他就一直主动为我做一些贴心的事，比如在来接我之前先买好歌剧票，这样我就不用在雨中排队买票了。每次他提出一些体贴的建议时，我会说："我没关系的。"我当时怎么也理解不了为什么他看起来那么失落。后来我的母亲知道了这件事，她问我："你为什么不让维克多享受照顾你所带来的快乐呢？他本不必做这些事的，他去做是因为他想做这些事。"

我竟然从来没有这样想过。

母亲接着说："想象一下，他的体贴提议就像是精心包装的礼物，每次你说不，就像是把礼物扔回他的脸上。吸取我的经验教训吧，如果你从不寻求帮助、接受帮助，坚持每件事都自己做，那么最后就不会有人来帮你了，你会像我一样，最后只能一个人做所有的事情。"

糟糕。

母亲的真诚交谈像一记重拳击中了我，从那一刻起，我便开始接受维克多和其他人的帮助了。

作为一名正在学习成为边界大师的新手，你的任务是，开始觉察为什么自己会自动拒绝提议、很少寻求帮助。问一问自己：为什么我没有同意他人的提议？为什么我不寻求自己需要的帮助？我在怕什么？

通常，拒绝帮助是维持控制的一种隐秘方式。你可能不想成为负担、感到亏欠、暴露脆弱。这可能体现在大大小小的很多方面，你可能一直执着于"自给自足"，在拦到出租车去机场时，你甚至不让司机帮你把沉重的行李放进后备箱。

或者你可能会发现，自己正陷于照顾生病的家人的危机中或者工作纷争中，只想一个人承担所有事情。但问题是，健康的脆弱（或自愿的脆弱，详见第 6 章的相关内容）是真正的亲密关系的基础。因此，请增强你的觉察，在大大小小的方面，你可能在阻止他人为你的生活增光添彩。你是值得被深入了解和支持的。

✒ 你总是过度积极吗

你是否曾经和朋友分享过自己的痛苦经历，不管自己的感受或语气如何，她都会回应"一切都是最好的安排"。这就是一个过度积极的例子，人们对令人不安或不舒服的消息强制性地做出一些解释（比如上述的回应）或者欢快的肯定，比如"这一切都会过去的"。

谢谢你毫无价值的回复，贝蒂。

别误会我的意思。对生活持真诚乐观的态度会提升你的能量，这是我在生活中获得快乐的最有力的工具之一。但是用积极的态度来"修复"他人倾诉的内容是一种糟糕的倾听方式，而且这不是你的义务。

过度积极实际上是一种否认，一种拒绝或无法面对现实的表现。我们在不想真正处理令自己不适的情感时会采取这种态度。任何经历过婚姻破裂、疾病、其他危机的人都遇到过他人对自己的处境做出过度积极反应的情况。当我第一次收到自己的癌症诊断时，一个朋友对我说："这是一个很好的机会，你可以去探索你的深层自我了。"我想，这可不是处于健康危机中的我最想听到的回答，但还是谢谢你毫无保留地提供意见。尽管我并不反对深入探索内心，但她试图篡改我的故事，来让自己感受到某种控制感，我对她的这种做法非常反感。

对于受到过度积极干扰的人来说，这可能令人不安。但你只要知道一件事，任何使用它的人（包括你自己）都出于无法忍受痛苦或不适，而紧紧抓住这种扭曲的、回避的、自我保护的机制。

学会轻松而优雅地建立边界，通过真诚的表达来尊重自己，这样就不再需要用过度积极来保护自己了。因此，如果你发现自己过于积极，就让自己休息一下。相信有了觉察，你就能够将真诚的积极态度与你的真实感受相平衡。在这种平衡中，你会找到真实感。

拆解为自己编织的谎言

我们为自己或他人的行为寻找借口（或者谎言）是为了避免建立边界。这也是一种抵触情绪，是在合理化自己不想进行艰难的对话、拆穿他人的谎言。

当然了，我们并非有意欺骗自己，但那些没有事实依据的合理化和借口可能成为我们得到理解和说出心里话的巨大障碍。你可能会想，我自己做事情会更容易些，就不再要求伴侣帮忙做家务了。这一策略可能有助于避免冲突，但积压的怨气仍然挥之不去。

你是否会为他人做出的恶劣行为找借口？比如："他现在工作压力很大，我知道这就是他昨晚对我大喊大叫的原因。"或者"我知道她当时并不是故意要说那些伤人的话的，她现在正在经历一段艰难的时期。"

对遭遇报复的恐惧也会助长这种行为。我们否定自己的经历，害怕自己小题大做。或者劝自己不要说话，因为害怕遭受负面评判。比如，如果我去人力资源部投诉，我就可能被贴上"戏精"或者"麻烦制造者"的标签。这种自我抛弃的行为与有意识地选择战斗是不一样的。为自己编织谎言是为了避免在自己的生活和经历中拥有主导权，也是一种减少冲突或对抗的方式。

**真诚
交谈**

　　合理化和找借口阻碍我们真诚地表达自己、建立健康的
边界。

审视自身：你会为恶劣行为找借口吗

现在花一点儿时间，思考以下问题，这将帮助你发现自己会
在哪些方面为他人找借口。

□ 你是否对他人的恶劣行为过于理解？特别是当你知道他们
　 正在经历艰难时期，或者他们拥有艰辛的童年时？（共情者
　 和高度敏感的人请举手。）

□ 你是否会提前为他人的恶劣行为找好借口，来避免发生
　 对抗？

□ 你是否会接受来自冒犯者本人的敷衍借口，来让对方（和
　 自己）脱罪？这样他们就不需要对自己的行为负责，而你
　 也可以避免坚定自己的立场，这会引发长期的情绪失调
　 状态。

如果你对以上问题中的任何一个有着肯定的回答，那么好消
息是，你很可能已经准备好摒弃这种行为了。请花一点儿时
间来庆祝自己拥有了想要改变的愿望，而不是纠结于自己现
在还不能做到的事情。正如路易斯·海（Louise Hay）所说：
"力量永远来自当下。[1]"

将不健康行为模式转变为有意识的选择

在本章中，我们讨论了许多重要的内容。在探索自己的边界蓝图与现实生活中的边界失误有着怎样的关联时，你可能会感到有些不知所措，这完全正常。深吸一口气，之后呼气。你并不孤单。

一次又一次地，来访者在终于意识到可以为自己制定更恰当、更有力量的边界蓝图时，向我表达出他们所体会到的一种深刻的平静感。了解到可以将自己根深蒂固的行为习惯转为有意识的选择，这多么令人欣慰。

瑞秋就是这样开始了解自己的边界蓝图的，她开始真正审视自己旧有的边界模式如何映射在自己生活里，尤其是自己的亲密关系之中。有时候，家中代代相传的大量混乱的边界问题压得她喘不过气来。但她也知道，这是她自己的人生，她决心改变。这件事并非她按照清单内容做了一遍，某天早上一醒来就明白了一切。就像我的大多数来访者一样，她的改变过程就像脱掉一层又一层令她舒适的、心爱的但不再适合她的衣服。当她最终拆解了为自己编织的最大谎言时，她的解脱时刻到来了。那个最大谎言具体是指，她需要在实现一定程度的经济安全之后才能准备好（并且有资格）拥有一段充实而平等的恋爱关系，而且男朋友对她缺少尊重的行为对她来说是可以接受的。我的意思是，在潜意识层面，男朋友的恶劣行为的确对瑞秋起了作用。但是在更真实、更自由的层面上，情况完全不是这样。

她勇敢地说出了自己的真实感受，摆脱了实际上令自己无法接受的不健康模式。这一点非常重要。当你能在自己的生活中做到这一点时，你就会停止与他人最低级的本能和行为同流合污。

最终，瑞秋结束了她的恋爱关系，并拥抱了随之而来的痛苦，这痛苦通向她的解放之路。随着时间的推移，她逐渐学会在当下真诚地表达自己，并在自己的人际关系中建立健康的边界。她最终爱上了一位创意总监，第一次在生活中体会到被看见和被爱的感觉。尽管深入探索自己的"心灵地下室"可能令人生畏，但与此同时你也可能获得解放。

通过阅读本章所探讨的所有内容，你将重新获得大量的时间和精力来关注自己，而不是过分关注他人的行为。陷入混乱的边界模式会消耗你的生命能量，仅这一事实就足以给你动力，让你从正指导着你当下行为的潜意识信念中解脱出来。

在大自然中散步，或者喝一杯你最喜欢的茶，来为自己补充能量吧。一旦你觉得自己准备好了，就去了解一下重复的边界模式的相关内容吧！

▶ 将掌控边界付诸实践 ◀

1. **保持觉察。**狡猾的边界障碍在你的日常生活中时常出现。因此你要多加小心。你是否在做出即刻同意、过度付出、拒绝帮助、为不良行为找借口？对这些模式保持觉察，你将能更多地觉察，自己的边界问题是如何影响自己的人际关系的。

2. **深入挖掘：边界蓝图（大局观版）。**你需要一些时间来充分了解自己的边界蓝图，这是你边界大师之旅的基石。不要跳过这个步骤！在自己的日程安排中加入一个"自我爱护之约"，舒适地待在你的冥想空间里，阅读本书末尾"深入挖掘"中的相关内容，来获得重要的指导。

第 5 章

消除限制性信念

艾希莉是一位坚强又风趣的创伤外科护士,她起初因自己更年期带来的盗汗、失眠和"讨厌所有人"的困扰而来学习减压和助眠技巧。在进行了几次心理咨询之后,她突然跟我说,自己再也不要谈恋爱了,因为自己的眼光太差了。她还向我坦承,自己一辈子都处于功能失调和虐待性的关系之中。紧接着她提到,当她只有两个月大时,父亲抛弃了她、母亲、哥哥。这是一个类似"父亲出去买包烟就再也没回来"的故事。

据她的母亲说,父亲声称自己在美国另一个州找到了一份"好工作",并承诺一找到住处就把全家人一起接过来。只不过之后父亲就杳无音信,人间蒸发了。我的直觉告诉我,这一创伤性事件、她目前心力交瘁的状态、她一直以来建立的边界模糊的关系,这三者之间一定存在着某种联系。

艾希莉的心理咨询持续了几个月，有一次当我们在了解艾希莉的边界蓝图时，她漫不经心地告诉我，自己导致了父亲离家出走，她的语气就像是在陈述一个无可争议的事实："我刚刚降生到这个世界，就导致了整个家庭的破裂。"

"你为什么会这么想？"我问道。

艾希莉耸耸肩说："嗯？这是我妈妈说的。"

艾希莉的母亲即使只是说过一次这样的话，就足以给她留下伤疤，更不用说母亲在艾希莉的一生中反复讲述这个令人痛苦的故事了。基本上只要找到机会，母亲就会把整个家庭的破裂归咎于艾希莉。哥哥也同意这一说法并常常强调它。艾希莉的出生导致了父亲离家出走，这只是家庭传说中的一个，家里还有许多公认的虚假事实。当我问一个婴儿如何能对一个成年人的行为负责时，她看起来真的非常困惑。"嗯……"她说，"我从来没想过这个问题。"

这是艾希莉最严重的限制性信念之一。

阻碍我们过上更好生活的负面信念

限制性信念（比如艾希莉）往往植根于童年，然而我们可能根本不知道它们的存在，也不知道它们是如何影响我们的行为和自我身份认同的。根据我的经验，当它们无意识地成为自我身份的一部分时，我们便再难以与人建立深层的亲密关系了。限制性信念使我们无法准确地了解自己，这又使得他人无法真正了解我们。然而，我们每个人都值得被真正地了解。

在第 4 章中我们研究了，代代相传的家庭传统和文化信仰如何潜移默化地影响我们，驱使我们不断陷入恼火、困惑、极度不满的关系、处境、边界之中。现在是时候戴上保护手套了，我们还要在"心灵地下室"展开更多的清理工作。这一次，我们将在更细致的层面上进行工作，了解具体的限制性信念如何嵌入了我们的蓝图，使我们在成年之后仍然痛苦（而无意识地）重复童年的经历。

下一阶段的心理排毒需要勇气、好奇心、在冥想空间中的特定时间、开放的心态，甚至需要一些警惕。我常常会说，你不能只去一次健身房，就想得到梦寐以求的健康身体（尽管我们可能都希望如此）。同样地，我们的"心灵地下室"里有许多项目，我们必须努力了解其中遭受压抑、未经审查的东西。

艾希莉对于自我探索的态度非常积极，她准备好了迎接挑战。她被灌输了一种信念——是自己一手摧毁了整个家庭和母亲的生活。这个谎言为艾希莉的余生定下了基调。这样我们就能理解了，她之所以过分沉迷工作、常常陷入不健康和有毒的恋爱关系、总是处于高度警觉状态，是因为觉得自己不值得。对艾希莉来说，即使是质疑这个想当然的故事，都令她有所启发。她开始觉察到，自己一直在与家人共谋囚禁自己，想要越狱，就得从深入挖掘自己的限制性信念如何影响了自己的行为、选择、身份认同开始。

限制性信念以及一些童年经历并非全部来自父母、老师、照顾者和社会对我们的评价。孩子们通常也会自己建构一个故事来理解困难的环境。这是很常见的现象。

举个例子：多年来，我在潜意识里总是认为，我令父亲深感失望，因为我让他错失了最后一次拥有儿子的机会。当我觉察到自己拥有这个限制性信念时，我才意识到，自己成年后拥有的许多抱负都是由一种隐秘的冲动所驱使的——我要证明自己是有价值的，而这并非我自愿的选择。由于我的父亲已经去世，我问了母亲是怎么看待这件事的。母亲直言不讳：父亲并没有因为生了女儿而感到失望，也没有渴望要个儿子。这件事对我来说很有趣。当我还是个孩子的时候，我用限制性思维构建了一个关于父亲感受的故事，来试图减轻现实对我的打击。对我来说，认为自己的性别是问题所在，要比接受父亲对我根本没什么兴趣容易得多。许多孩子在无法理解不愉快甚至创伤性的经历时，都会像我一样，自己编造一个故事来填补空白。

审视自身：你在做什么事情

现在就让我们开始拆解你独特的限制性信念。花点儿时间想想自己在做什么事情，也就是那些关于自己的价值、能力或潜力所在的故事，这些故事可能阻碍了你在人际关系中建立健康边界的能力。

以下是我在过去二十年里了解的限制性信念，看一看你是否拥有：

☐ 我不会算术。

☐ 我太敏感了。

☐ 我总是选错伴侣（就像我的妈妈一样）。

☐ 我在爱情这件事上没什么好运气。

☐ 我做了错误的选择，因此我应该得到报应。

☐ 我不能相信自己。

☐ 我已经破碎了，无法修复。

☐ 我的责任就是确保每个人都过得好。这就是生活。

以上限制性信念有没有让你感同身受？如果没有，请花几分钟时间想一想自己在做什么事情，把它们写出来。

当你觉察到那些对充分表达自我产生负面影响的信念和故事时，你可以质疑它们的合理性，并决定放下它们。之后，你可以有意识地关注真实的自己和生活，学会说出自己的优点和成就，并以优雅和感激的心态来接受对自己的认可。

真诚
交谈

　　限制性信念源自童年，可能对我们的边界行为和自我身份认同产生负面影响。

当我们没有觉察到（自己构建的或者代代相传的）限制性信念时，我们会把它们当作真理。这些所谓的真理在它们的效用过期后仍然对我们造成伤害。它们可能对我们的自尊、价值观、生活质量和人际关系产生负面影响。艾希莉经历过这些，我经历过，你也可能经历过。

在你继续思考自己拥有哪些限制性信念之前，我们要先来弄清楚在你的经历中"真理"是什么。当涉及人际互动和情感时，没有人能够占据真理的高地。堂·米格尔·路易兹（Don Miguel Ruiz）的畅销书《通往心灵自由之路》（*The Four Agreements*）基于古老的托尔特克智慧，书中所讲的第 2 条约定是："不要往心里去。"[1] 路易兹认为，人们往往深陷自己的主观现实之中，他人对我们的评价更多地反映了他们自己，而非我们。

童年时期的我们没有这种复杂的洞察力。因此这些错误的观念植入了我们的意识之中，没有受到干预，一直不断生长。根据心理学家卡尔·罗杰斯（Carl Rogers）的说法，父母或其他照顾者会向孩子们传达一些价值条件[2]，孩子们必须遵循某些行为准则才能获得爱、避免遭受批评。当你还是个孩子的时候，如果你的父母对你说"你是可贵的"，你会相信这件事。如果他们对你说"你一无是处"，你也会相信这件事。

正在成长中的小小人类无法避免遭受不公平的待遇，也不能质疑自己赖以生存的人所说的奇怪的话。孩子是最理想的俘虏，比如，当我们只有 7 岁的时候，想要离家出走，找到一个合租的房间自己生活是不可能的。我们的父母或其他照顾者拥有对我们完全的控制权。当他们没有意识到自己功能混乱时，可能会有意无意地把有害的信息传达给我们——他们的孩子。

艾希莉的母亲在年轻时突然成为一位单身母亲，照顾两个年幼的孩子，一定曾经处于极度痛苦的状态。最有可能的是，她需要为自己崩溃的生活找到一个替罪羊。艾希莉从婴儿时期开始，就成了母亲发泄痛苦、愤怒、羞辱和失望的最佳对象。当艾希莉还是个孩子的时候，她不会想到质疑自己的母亲，不会质疑自己唯一的照顾者告诉自己的话。她像所有的孩子一样，依靠母亲生存。

揭示和理解自己童年"真相"的主观性至关重要，正是这种理解能够为你打开自己的故事和信仰的更佳、更丰富的可能性。

我们继续对艾希莉成为替罪羊的感受进行工作。（这是一种非自愿地为了集体牺牲个人的情况。）她开始接触到那些安全地藏在自己潜意识里的愤怒、悲伤和失落感。我们一起确认了，一个并非自己选择出生的婴儿不能为整个家庭的破裂负责。我们专注于尊重和治愈艾希莉的童年创伤，通过继续解构她的限制性自我信念，来悼念她从未拥有过的童年。

▪ 这只是你认为的真相

艾希莉不自觉地认为，自己的存在本身就足以使父亲永远离开整个家庭，这让她感到内疚、羞耻、自己没有资格得到爱。这些感受导致她的个人和职业生活都处于不幸和破坏性的境地。艾希莉的工作领域是急诊医学，这意味着她每天都要面对混乱和高度紧张的情况。她选择在曼哈顿最繁忙的一级创伤中心工作，工作时间几乎是正常时间的两倍。每周有 3 次持续 12 小时的轮班是常态，她还会选择加班。艾希莉就以这样的工作强度每周工作 5 ～ 6 天。这绝非偶然。

沉浸在生死攸关的情境中，会极大地分散人们对自我反省的注意力。另外，还有一个强大的自我抛弃因素在起作用——艾希莉很少考虑自己的心理健康和身体健康。对她来说，处理诸如枪伤、车祸伤口、创伤性脑损伤等情况总是优先于满足自己的需求。她的工作非常适合她，真的，这就像是她在无意识地为自以为犯下的罪行接受惩罚。

内疚和羞耻的感受影响了她所有的决策和人际关系。她总是不可避免地爱上一个情感施虐者。在内心深处，她有点儿觉得这是自己应得的下场。更年期的到来加重了这个问题。如果她无法入眠，她就只能继续折磨自己一段时间，这也是她最后会来找我接受心理咨询的唯一原因。从那时起，她开始意识到，再多的自我惩罚和过度投入，也无法改变母亲对很多事情的看法，或者母亲对她的看法。

真诚交谈

揭示和理解自己童年"真相"的主观性至关重要，正是这种理解能够为你打开自己的故事和信仰的更佳、更丰富的可能性。

不健康边界模式的重演

我们已经确定，艾希莉的限制性信念严重损害了她的自我价值，但她混乱的边界故事仍未结束。艾希莉在自己的亲密关系和对病人无尽的奉献中，也在无意识地重演着自己童年时期的边界模式（即父亲离开她、母亲虐待她）。成年之后，她继续无意识地寻找与自己早期生活经历相对应的亲密关系和生活方式，尽管这完全不是出于她有意识的选择。

也许你对此能够感同身受。你是否曾经感觉自己一次又一次地进入糟糕的亲密关系？你可能会反复与同一种不可靠／专横／不负责任／不愿工作／控制欲强（在这里插入你自己情况中的表示糟糕的形容词）的人约会，或者你可能经常遇到一个讨厌的、自恋的老板，又或者你可能常常遭受亲密的朋友拒绝或背叛。

这些令人沮丧的情况就是你在重演早期的边界模式。你可能会有意识地发誓，自己不要像母亲那样在亲密关系中承担所有情绪劳动，也不要像婚姻之中的父母那样争吵不休，但是你会发现，自己一次又一次地重温着自己一生都在努力避免的痛苦感受。

发现自己在一直重演着令人不满的亲密关系，最后得到出奇一致的糟糕结局，这会让人感到困惑甚至有些沮丧。相信我，你并不孤单，也不是疯了，也不是不懂生活。重演糟糕经历的无意识冲动是很常见的，一个重要的好消息是：通过研究、努力和得到指导，这种冲动百分之百能够化解。

　　向我们的父母或其他照顾者大声说出来，我们除了会重演他们教导和展示给我们的好东西，也会重演功能失调的情况。承认好的现实和不好的现实同时存在可能很难。事实上，对于许多具有照顾倾向的人来说，我们总是觉得自己有义务让父母（及其养育方式）变得好起来，即使以牺牲我们自己的幸福为代价。有些人发现，承认消极的经历和感受存在可以让他们在情感上得到自由，他们因此可以更真诚地欣赏那些积极而可爱的东西。如果在任何时候你开始感觉糟糕、内疚、忘恩负义，那么你只需停下来，蜷缩在你的冥想空间里，深呼吸，点一支蜡烛，写下你的感受。要知道，你的体验是真实存在的，你有权利选择自己拥有何种感受。

　　重点在于你能够感受到它。如果你在一个奉行"集体思维"的错综复杂的家庭体系之中长大（即不鼓励独立思考），那么你的早期教育可能教会了你，当自己的情感反应与集体的不同时，要隐藏自己的真实感受。

　　为了治愈自己，你只能开始尊重自己的体验和真实感受。作为成年人的你可能一直在为父母令你失望的行为找借口。（我不需要认识他们就知道他们会这样，因为人无完人，我们都一样。）现在是时候优先思考实际真相如何了。我们现在应该达成一个共识——所有人在自己当时所拥有的觉察中都已经尽力而为了。如果我们觉得他们本应该做得更好，那我们就应该慷慨地觉得他们未来会做得更好的。

回顾自己的童年经历并不是为了谴责任何人，而是为了理解所有的事情。你还得愿意将自己现在对父母的印象（如果他们还活着）与过去对他们的印象分开。比如，你的父母可能已经在 10 年前戒酒了。你的本能可能就是见证他们的成就并为他们庆祝，同时把自己作为酒鬼的孩子的无助经历抛诸脑后。但是你知道是谁一点儿也不在乎这个戒酒 10 周年的荣誉吗？是 12 岁的你，因为你当时在凌晨 5 点发现，父母在行驶中的汽车里睡着了，你那时感到整个家庭的安危都落在了自己柔弱的肩膀上。那个孩子需要我们的同情和关爱。

**真诚
交谈**

当边界模式重演状态激活时，我们的内在小孩会拼命寻求重演童年时倍感失望和痛苦的经历，来试图得到一个更好的结果。但在没有新技能、新知识的情况下，更好的结果是不太可能出现的。

是否有一段童年经历仍然扎根在你的心灵深处，不断消耗你的能量？这种情况会出现的一个原因是，它没有经过你的审查，因此在某种程度上仍在影响你的行为。你可能还会发现自己怀有怨恨，这也是你需要承认和释放的。良好掌控边界的一个指南是，尊重我们所有的经历，因为这一次的旅程，真的只关乎你自己。

▪ 边界模式一遍遍上演

边界模式重演的概念受到了弗洛伊德的强迫性重复理论（repetition compulsion）的启发 [3]，他将其描述为"回归到童年早期状态的愿望"。这基于一种想法——人类会从熟悉的事物之中寻求安慰，即使是从痛苦的经历之中。人类本能地重复过去的经历，无论是积极的、良性的经历还是彻头彻尾破坏性的经历。

在我的咨询室里，我一次又一次地看到无意识的强迫重构出混乱的边界模式。一位女性在童年时期害怕自己严格而有完美主义的母亲，她会发现自己在成年之后总是与控制欲强且自己永远无法取悦的人建立亲密关系。一位曾遭受叔叔性侵犯的女性可能会倾向于与轻视她的男人建立亲密关系，从而证实自己的信念——自己天生就有些问题。作为一名心理咨询师，我将来访者当下在重复的问题作为地图，发现需要得到关注的原始创伤，这样他们就可以逐渐摆脱破坏性的边界模式。

从意识层面来看，这种重演过去经历的现象似乎是违背直觉的。一种痛苦但令人熟悉的情况所带来的舒适感怎么会优于一种未知情况所带来的感受呢？但从无意识的角度来看，这种强迫性重复惊人地合理，它体现了我们的大脑总是希望创造一个更好的结果。当边界模式重演处于活跃状态时，我们的内在小孩会开始拼命寻找类似童年时的那种令人失望而痛苦的体验。尽管这种强迫性重复具有破坏性和危害性，但其中却蕴含着一颗自我疗愈的爱的种子。

你是否曾经在一段糟糕的关系中想过，这次会不一样？而除了你希望如此之外，没有任何证据或理由能够支撑这种想法，对吗？人类的心中总是充满希望，但现实是，如果不了解潜伏在你"心灵地下室"的那些有毒物质，那么你很难清楚地理解自己糟糕的边界模式起源于童年何处。而没有这种理解，你便很难发展出创造一个更好结果的技能。幸运的是，接下来我们要探讨的正是识别你可能在重复什么，以及为什么。

◾ 帮助你理解糟糕边界模式起源的三个问题

好消息来了。弄清楚自己的过去如何干扰现在的生活和人际关系，这实际上是一个相对简单的过程。我们只需要顺着"自己的感受"这条线索，将现在的冲突与过去的创伤联系起来。是的，你现在的不良感受很可能根植于过去的情感，它们当时要么未经承认，要么未经处理。找出它们的方法是提 3 个简单的问题，来帮助你理解，我稍后会展开讲解。

我想先来举一个例子，分享我的一位来访者桑迪的故事，她28 岁，是一名律师助理，她在工作中与一位同事发生了冲突，愈演愈烈，她形容那位同事是"真正的恶霸"。桑迪忍无可忍，心里一直想着这件事，失眠了好几周。她害怕自己因此发火而丢掉工作。

在分析桑迪的职业过往时，我逐渐发现了她的一种模式。在她最近的几份工作中，总是有一位女性成为她眼中的死对头，占据了她大量的精力和心理资源。

这并非偶然，她连续 3 次经历这种情况，需要引起我们的注意。我感觉她在无意识地重演过去。当我问她对这种重复模式有什么看法时，她说："得了吧，特里！我敢肯定这种事情每个人都会遇到。"

事实并非如此。

首先我问她，这些死对头是不是让她想起了某个人。她咬了咬嘴唇，说："我不知道。"（第一个问题：这个人 / 情境让我想起了谁？）

接着我问她，在过去的哪个人生阶段曾经有过这样的感受。（第二个问题：我在哪里曾经有过这样的感受？）

最后我问她，与这些死对头之间的互动方式有哪些熟悉之处？如何感到熟悉？（第三个问题：这种行为 / 情境对我来说有什么熟悉之处？）

最后一个问题让桑迪恍然大悟。

"哦，天哪，"她回答道，"她们 3 个人都像我的姐姐丽兹。不是说她们长得像她，而是让我想起了她，她们各有各的讨厌方式。总之就像专横跋扈的恶霸，为了得到自己想要的东西就欺负我。"

瞧！通过回答这 3 个问题，我们追溯了桑迪过去的人际关系，找到了她当前处境的无意识根源。

用心理咨询的术语来说，桑迪所经历的现象称为移情（transference）。当一个人经历移情时，某个人或某种情况会触发他无意识的反应，这种反应由与当前的人或事类似的早期未解决的经历所引发。这并不是说桑迪的真实经历是她想象出来的。相反，她对这些（在她看来）控制欲强、有特权观念的女人的反应，是由她未解决的痛苦感受——童年时与姐姐丽兹之间发生的种种冲突所放大的。桑迪似乎是在无意识中寻求重新来过，不幸的是选错了对象。

比如，一位百老汇制片人在为新角色挑选演员时，可能会将一位出色的女演员拒之门外，仅仅是因为她让自己想起了自己可怕的前妻。又比如，你那专制的老板让你想起了对自己严厉的父母，因此每当老板在场时，你都会畏畏缩缩的。你现在的反应正受到未经解决的痛苦或过去创伤感受的影响。这就像你不知不觉地跳进了一台情感时光机。你能看到这会如何损害和复杂化决策、有效沟通以及建立和维系健康边界的能力吗？

真诚交谈

自我疗愈只能从尊重自己的真实经历和感受出发。

现在我们了解了桑迪移情反应的起源，因此知道了在她的心理咨询中我们应该把时间和精力集中在哪里——处理和消除霸道的姐姐为她带来的童年创伤。一旦完成这个过程，桑迪在工作中就很难再碰到死对头了。我并非在开玩笑。桑迪在打开自己"心灵地下室"贴有标签"丽兹，死对头之源"的盒子之后，又来找我进行了 3 次咨询，就不再谈论死对头同事贝蒂了。贝蒂还是老样子，但桑迪已经改变了。通过说出并尊重和姐姐在一起的那段令自己压抑而痛苦的经历，桑迪不再需要以贝蒂作为替身将其重演。这个简单而直接的过程对你来说也同样有效。

将当前的挑战与过去未解决的冲突或伤害联系起来，可以帮助你做出更明智的选择和决策。一切的关键都在于听从自己内心的感受。你在当前不断重演的冲突中的感受，可能是童年时创伤感受的一种回响。当你经历移情时，你会陷入旧有的、紧张的反应之中。我们的目标是构建充足的理解空间和内在空间，使自己能够有意识地做出回应，而不是本能地做出反应，在每个当下都要有意识地做出边界决策。

审视自身：如何用好这 3 个问题

这 3 个问题经过了实践的检验，能够迅速揭示过去如何对现在产生了负面影响。它非常简单。现在就试一试，以便之后需要的时候能够用好它。回想一个冲突，它似乎总是重演、令人感到熟悉和不满，然后问一问自己：

1. 这个人 / 情境让我想起了谁？

2. 我在哪里曾经有过这样的感受？

3. 这种行为 / 情境对我来说有什么熟悉之处？

在你问过自己这 3 个问题之后，你可以继续提问来深入挖掘自己的移情：当我处于冲突、失望之中或是人际关系出现问题的时候，我（象征性地）变成了谁，对方变成了谁？

比如，你可能会觉得自己变回了 10 岁的自己，而你的老板可能代表你那喜欢施加惩罚的父母。这可以进一步提高你对无意识代入（和重演）过去创伤的觉察，并增加你自我疗愈的机会。

增强你的觉察能力

有了新的清晰认识，成年之后的艾希莉第一次不再加班了。（她说，过去每周 5 次的 12 小时轮班，她现在每周只上 3 次，感觉就像"度假"一样轻松。）她逐渐摆脱了自己的限制性信念，学会放下自己过去熟悉的反应和行为模式。这个过程为她开辟了空间，让她能够有意识地探索真正的自我关怀，寻找真正的自我价值。她现在每晚能够睡超过 5 个小时，开始练习瑜伽，饮食更为健康，还喜欢上了陶艺课，她觉得能够从中宣泄情感、自我疗愈。

解构，质疑，最终摒弃了那些限制性信念，这也深刻地改变了她的自我认识。她开始将自己看作一个值得关爱的人。我们还在不用药物的情况下改善了她的更年期症状。除了参加我们每周一次的心理咨询，艾希莉还养成了每天专注冥想的习惯，即使她所暴露的问题得到了控制，仍然每周去拜访一次教练。结果证明，对艾希莉来说，预防和维护才是最重要的问题。对你来说也可能如此。

已经几十年了，我仍然好好保留着艾希莉在她第一堂陶艺课上为我做的一个有点歪斜的小花瓶（实际上没法装水，哈哈）。对我来说，这个花瓶一直在提醒我，真正的转变来自对无意识信念的深入探索。它是对一个强有力真理的有形见证，从痛苦之中解脱并持续地发生改变是可能的。

**真诚
交谈**

整理你的"心灵地下室"（你的潜意识）中的错误信息和限制性信念，为播种积极而富有成效的思想和行为腾出更多空间。

随着时间的推移，你会更加清晰地感受到自己所拥有的选择。当你还是一个孩子的时候，你没有选择，但幸运的是，对我们来说，现在已经不是过去了。这简直太棒了！

作为一个不断增强觉察的成年人，你对于自己的想法、感受、真理以及信念拥有选择权。这可能会成为你一生中感到最为自由和震撼的认识之一。整理你的"心灵地下室"为播种积极而富有成效的思想和行为腾出了更多空间，不知不觉中，你会有意识地建构出自己的新常态。现在你可以摘掉保护手套了，为自己举办一个小舞会吧。(播放音乐，撒花！)

现在停下来，回顾一下你在本书前5章中所取得的进展，花点儿时间庆祝一下！你已经熟悉了健康的边界、依赖助成、有效沟通与无效沟通、代代相传的边界、限制性信念，以及如何摆脱困境。你已经了解了很多内容，拓展了自己的意识，这是巨大的成就。从现在开始，对边界技巧的学习将集中于使用你已增强的觉察在现实生活中实施改变，使你独特的美好生活拥有更多的主观能动性。

▶ 将掌控边界付诸实践 ◀

1. **保持觉察**。如果你在人际互动之中或之后的一段时间里，很容易或很猛烈地感到受伤、生气、害怕或烦恼的情绪，那么请加以关注。这些时刻对你来说是很好的机会，你可以使用三个问题来发现自己潜在的移情反应。

2. **深入挖掘：怨恨清单**。觉察并尊重自己的怨恨情绪是治愈过程的重要组成部分。请阅读本书末尾"深入挖掘"中的相关内容，开始进行一次简单而有力的怨恨释放的练习。

BOUNDARY BOSS

第二部分

创造新的行为模式

第 6 章

用三阶段策略建立新的行为模式

"我再也受不了了。"玛格达莱娜在周五的心理咨询中喊道，随即瘫倒在咨询室的沙发上。玛格达莱娜是一位三十多岁的金融顾问，工作能力很强。她很少因为工作上的事情激动，因此我感觉她现在的恼怒是出于别的原因。玛格达莱娜身材性感，走在街上常常引来许多男人的评论和注视——这在我们的咨询过程中是一个经常出现的话题。

"发生什么事了？"我问。

玛格达莱娜叹了口气，告诉我，有一天她正走在街上，路过一个建筑工地的时候，又像往常一样听到了口哨声。"嘿，小妞！你的屁股扭得真带劲。"

"特里，"她显然很激动，不断摇着头说，"我不是故意在扭的。我那时候正赶着去见朋友，急匆匆地走在街上。我再也受不了了，为什么我不能像个正常人一样度过一天呢？我不想总是引起他人注意。"

"这次的感受跟之前有什么不同？为什么你'再也受不了了'？"我问道。

"我不知道，我感到内心有一个东西突然崩塌了。"她回答说。

玛格达莱娜接着解释说，这种她不想要的关注让她冲进了最近的一家服装店，买了一件及膝的"奶奶毛衣"，尽管只有 4 个街区就要到达约会地点了。这件冲动购买的衣服松松垮垮的，遮盖了她的身材，也让她赴约迟到了。

玛格达莱娜经常遇到这种事情。在我个人看来，她非常漂亮，但玛格达莱娜并不这样想，这才是问题的核心。小时候，她的姐姐总是很瘦，当堂姐们把 2 码的衣服寄过来给玛格达莱娜穿时，12 码的她瞬间变成了不合群的小朋友。她的家人从不希望她对自己的身材感到难过，可是每次吃饭时，她的母亲都会问"你还没吃饱吗"，并一直留意着玛格达莱娜吃了多少。到了中学，玛格达莱娜因为胸部过早发育受到同伴的嘲笑。这开启了她持续一生的模式——想要把自己藏起来。

当玛格达莱娜来到我的咨询室时，她拥有一个坚定的信念——自己"太胖了"。她对自身形象的认知显然引发了一种低自我价值感。后来，她走在街上频繁遇到陌生人不礼貌的搭讪，这让她更加相信，自己有着严重的问题。每当有人朝他喊"辣妹"的时候，她的羞耻感就会赫然膨胀，匆匆走过又一个建筑工地之后很长一段时间，她都会一直低着头，胸口剧痛，这种感受非常糟糕。

不是说她不能讨厌那些口哨声，只是我希望她能够意识到，可以选择用不同的方式来看待这些事情，更重要的是，选择肯定自身内在价值和外在形象的思维方式。

"一定有更好的方法！"她喊道。

对于玛格达莱娜和其他已经到达崩溃点的人来说，确实有更好的方法。这并不是说我们可以控制他人的言行，我们很难做到这一点，但我们可以尝试做出不同的反应。比如，我们绝对可以学会不将他人的评判内化。识别—释放—回应是一种三阶段策略，用于识别习惯性反应和混乱反应，释放可能发生的移情和生理症状，以及基于我们想要创造的事物，以正念来做出回应。识别—释放—回应策略能够帮助我们建立新的行为规范。

在我们更详细地探讨识别—释放—回应策略如何运作之前，让我们讨论一下，在神经系统层面，我们是如何创造新的行为规范的，以及如何利用我们的身体智慧获得边界行为相关的重要信息。身体智慧是识别你是否处于边界模式重演或即将卷入其中的关键。

改变长期存在的行为模式

　　改变长期存在的行为模式可能令人望而生畏。本书前几章旨在帮助你增强对驱动习惯性行为的无意识因素的觉察，但仅仅觉察到它们还不够，改变一两次行为也不够，你必须反复地改变自己的行为。要知道，其中许多行为模式已经存在了几十年，要纠正它们需要花一些时间。但为了得到你想要的，这些努力是值得的。

　　我们有充分的理由不断努力做出更健康的选择。神经科学可以帮助你解释其中的原因。

　　直到 20 世纪 60 年代末，许多大脑专家还认为，人类大脑在童年时期就已经发育完全，之后一直稳定不变，直到老年期，认知功能开始不可避免地走向衰退。然而，最新的科学研究表明，事实并非如此。大约 50 年前，脑科学家发现了一个颠覆性的真相：人类大脑是可以做出改变和适应的。你可以让旧大脑学会新技巧。事实上，由于我们的生活经历一直在更新，我们大脑的神经连接（惊人地高达 100 万亿个）每天都在形成和悄悄改变[1]。这称为神经可塑性。

　　当我们继续坚持那些令我们感到熟悉，但让我们烦恼、沮丧、愤怒、绝望的习惯和模式时，我们所做的是停留在过去的糟糕状态中。但实际上，这种情况完全可以是另一副模样。通过有针对性的持续努力，通过与我们不断变化的大脑共同努力，我们完全可以变得更加灵活而富有创造力，从而收获更多的幸福感。

▰ 采取有意义的行动

玛格达莱娜需要做出改变。她再也不能忍受自己在这个世界上占据窄小的生存空间，扮演着渺小的角色，对自己充满憎恨。我猜你发现自己身处类似的困境之中。

要利用大脑可塑性的力量，你首先得想要做出改变，然后愿意采取行动来实现这一愿望。

进行冥想练习

在我二十几岁的时候，我的咨询师建议我练习冥想，并向我解释了持续练习冥想的神经科学和康复医学方面的好处。我总是想要寻找捷径，因此我立刻报名参加了一个周末强化班，这样就可以把冥想这一项从我的待办清单上划掉了。我当时一点儿也不知道，其实根本没有捷径可走。我花了很长时间才成功建立起每日专注练习的习惯。

当我意识到定期静坐带来的平静令我的反应时间缩短了3秒时，我的人生发生了转变。3秒听起来并不长，但这3秒为我创造了足够的内在空间，让我更多地做出回应，更少地自动反应；为我带来更少的生活纷争、更多的快乐。我亲身体验了冥想的好处，马上就爱上了冥想，并成了认证教练。我开始为我的来访者制作带有指导语的冥想练习，让这种能够带来改变的实践尽可能容易实现。（请翻到本书"深入挖掘"部分，开始进行一次冥想练习。）

在冥想的状态中，我们能够更加敏锐地觉察到哪些事情不再适合自己，创造更多的心理空间。正念让我们放慢脚步，觉察到正在发生的事情，摆脱旧有的本能反应，更有意识地做出回应。

挖掘身体智慧

冥想还可以帮助我们更加了解自己的身体，令我们放慢脚步，意识到思想并非我们的全部，大脑也不是唯一有价值的信息来源。事实上，我们始终可以听从自己身体中所蕴含的智慧，它可以帮助我们觉察到自己何时感到不舒服，何时需要采取不同的策略。相信我，如果你开始关注自己五脏六腑的感受，你会逐渐了解自己的需要。

一旦你挖掘到自己的身体智慧，它就会成为你的秘密武器，帮助你从功能失调的边界模式转变为更健康的模式。在理性上，你完全知道自己需要做出一些改变，但与此同时你会回避采取新的行动。学会觉察自己胃部的紧张、胸部的紧缩、喉咙的疼痛、头部的抽动，这些身体感受在为你提供帮助，它们指引你走向新的方向，并证明身体感受是你通往最为疗愈、最具力量感的道路指南针。

让我们来看一个真实的故事。我的朋友吉恩是一位高功能性依赖助成者，她的共情能力很强，结束一天回到家中时总是感到筋疲力尽。似乎无论她身处何处，需要得到帮助的人总会找到她。出于礼貌，她会一直倾听对方，听到自己胃部痉挛，也要等对方把一大堆负面信息倾泻完毕才找借口离开。不开玩笑，有时候，对方可能要倾诉上一个小时。因为她没有建立边界，因此她承受了太多压力，常常在事后感到难受，这种不舒服有时甚至会持续好几天。

审视自身：铃声 + 正念呼吸练习

一直以来，大多数人都忽视了自己身体所发出的信号。想要有意识地联结自己的身体智慧，就要把意识集中在自己当下的感受上，有意识地去倾听。

以下是一个简单的正念练习，每天进行多次能够帮助你取得比较好的效果。

（1）将手机闹钟（最好是轻柔的铃声）设置为每 3 ～ 4 小时响一次。当你听到闹钟铃声时，就做好准备让自己停下来，休息 30 ～ 60 秒。

（2）利用这 30 ～ 60 秒时间来关注自己的感受。闭上眼睛，深呼吸，从头到脚对自己的身体进行一轮快速扫描。每到一个你感到紧张或疼痛的身体部位时，就停下来，做一个深长而缓慢的呼吸。注意那个身体部位的感受，然后吸气，将呼吸带到那里，想象所有不想要的感受都随着呼气而离去。

（3）接下来，轻轻闭上双眼，问一问自己的身体需要什么。安静下来倾听答案。

倾听并尊重自己的身体智慧，这样做得越频繁，你的直觉就会越敏锐，越能娴熟地建立有效的内外边界。

一位充满智慧的朋友教给了吉恩一个简单的认知行为技巧。吉恩在又一次遇到这种感到疲惫的情境时，按照朋友的建议，将双手放在胃部。她提醒自己，自己正站在火场上，是她自己选择留在这里的，其实自己还有其他的选择。虽然她感觉非常尴尬，但这一次她做出了一些改变。她说："哦，不好意思，我得走了。"这个新动作所产生的效果令她倍受鼓舞，她开始经常将双手放在胃部。短短几周后，她震惊地感到自己状态极佳——更轻盈、更自由、更能专注于自己。多年之后，倾听并尊重自己的身体智慧已经成为她的第二天性。

你越关注自己的身体，就越清楚什么不再适合自己。通常，当我们陷入紧张的情境时，我们很难识别并表达自己真正的感受或想法。回顾自己过去的经历，哪些让你事后遗憾没能早些留意到警告信号？很有可能，你的身体一直在试图引起你的注意，但你的注意却没有集中于此，而是分散了。

我听说过许多故事——关于持续的身体感受传递了更为深层的信息。

　　一位女性来访者怀疑她的同居男友出轨。后来她很奇怪地患上了一种妇科疾病，严重影响了他们的生活质量。医生没有得出明确的诊断，给她开了一些抗生素，可是一直都没什么效果。她的男朋友开玩笑说："可能你对我过敏吧。"她那时笑了，心想，天哪，他可能是对的。后来她开始与自己的身体建立更为亲密、关爱的关系，这让她对自己之前的怀疑产生了好奇，导致她向男朋友提出了更为尖锐的问题，结果让她异常震惊。男朋友最终承认自己与一个他们的共同好友发生了性关系。当她与男朋友分手后，她的妇科疾病在一周内消失了。谢谢你，身体智慧！（再见，糟糕的男朋友！）

审视自身：增强觉察

为了获得自我认知，你要觉察怎样的人际互动会激活自己的压力反应。阅读以下问题，当你觉察发生了什么以及为什么会发生的时候，你可以问一问自己：

☐ 我现在感受如何？

☐ 我身体的哪个部位有特别的感受？

☐ 是哪个互动或想法触发了这种感受？

☐ 我是否处于边界模式重演之中？

你的回答可能是：

☐ 我感到紧张。我感到恐惧。我感到不安。

☐ 我的胸部、胃部、头部有特别的感受。

□ 在鲍勃请我代班后，我开始感到紧张。

□ 我一想到与贝蒂之间的互动，就开始感到焦虑。

此时，这些问题揭示了边界模式重演的哪些信息？这种互动哪里让我感到熟悉？

在与他人互动期间或之后，学会识别某些感受不对劲，这是识别—释放—回应策略的第一步，你将在本章稍后的部分学习如何使用这个方法。怀着了解自我的真诚愿望，你正在为做出改变创造更多内在空间，你的转变之窗将为你敞开。

真诚交谈

以身体智慧为指引，你更容易弄清楚什么适合自己，什么不适合自己。

当你没有拥抱自己的身体智慧时，你会错失重大思维改变的机会。你没有安住于当下，而是借助安眠药入睡，或者每晚喝一杯鸡尾酒，甚至3杯，来"放松"一下，又或者用各种方式逃避问题、麻痹自己、转移自己的注意力。但忽视身体所传达的信息会阻碍你自身的成长。你必须慢下来，关注这些身体信号。

从评判转向好奇，可以帮助你增强自我认知。你开始成为一个不做评判的观察者。当你陷入困境时，让你最为焦虑的事情便不再随机发生。因此，保持觉察、认识潜在问题，对你来说是非常有利的。

以身体智慧为指引，你更容易弄清楚什么适合自己，什么不适合自己。这对于建立边界至关重要。你对自己的内部反应和回应（比如，哪些互动会给自己带来压力）了解得越清楚，你就越有能力做出判断，在特定情况下，建立哪种外在边界最为合适，需要采取什么样的行动。

了解自己的喜好、愿望和底线

在建立边界时，你需要了解自己的喜好、愿望和底线之间的差异。了解这些差异将帮助你进一步明确，哪些是自己可以接受的（以及在多大程度上可以接受），哪些是不可以接受的。这也将使你走上遵从真实自我、做出决策的道路。

喜好。拥有一种喜好意味着在多个选项中偏爱某一个。你喜欢咖啡还是茶？尊巴舞还是疗愈单车⊖？早起还是晚睡？这些都说明了你的内在喜好和个人喜好，没有人会插手你是喜欢泡澡多一点儿，还是喜欢淋浴多一些。在我们忙碌的生活中，许多人从未花时间真正思考自己的喜好，这就解释了为什么完成第2章的边界基线练习对于深入了解自我如此重要。如果你还没有完成它，现在就翻到边界基线清单处，开始勾选符合你自己的情况吧。

⊖ SoulCycle，一种健身方式。——译者注

　　然而，当你的喜好与他人有关时，你需要与他人进行沟通。比如，可能你喜欢早睡，但你的伴侣是个夜猫子。你可以说："我更想要你晚上 9 点和我一起上床睡觉。"你的喜好是重要的，值得与人讨论。尽早表达它们，并频繁、轻松、优雅地表达它们，这能够为你的生活制造更多的满足和和谐。你可以和伴侣一起商量制订一个方案，比如每周有两个晚上一起早睡。

　　有些人会很开心你能明确表达自己的喜好，比如："谢谢！我很高兴知道用电话联系你，而不是用短信联系你这件事对你来说很重要。"然而，有些人会把任何请求都理解为一种要求，不管你多么谨慎地措辞。没关系，重要的是你在为自己采取行动。

　　关于提要求，还有一点需要说明。在一段健康而平等的关系中，通常并不存在互相提要求。提出某种要求可能会让你一时感觉良好（"你必须得跟我一起去我妈妈家！"），但它最终会让人觉得你居高临下、令人反感。你和你周围的人都有自己的选择。总是对他人提要求会扼杀合作与协作，而如果你想以健康的方式来满足自己的需求，合作与协作是必要的。

　　明确说出自己的喜好是学会为自己的需求谈判的其中一步。你正在展开一场对话，而对话是双向的。这意味着其他人可能不会总是同意。很多时候，女性终于准备好开始表达自己的喜好，但一遇到阻力，她就会感到沮丧。当这种情况发生时，不要把它当作对自我价值（低）或人际关系状况（注定失败）的审判。再怎么强调这一点也不为过。

人际关系需要付出和接受。因此，明确区分什么是自己的喜好，什么是值得谈判的，什么是无法让步的底线非常重要。

要满足自己的需求，你需要具体说明自己想要什么，然后敞开心扉，接受让步、对话、谈判、同意或拒绝。明智地做出让步很重要（尤其是如果你过去总是让步的那个人的话）。了解为了维系和谐而让步与做出健康而公平的让步之间的区别。如果你总是被迫做出让步，那么这样既不健康也不公平。

在成为边界大师的旅程中，接受和尊重他人的拒绝与自己拥有拒绝的权利同样重要。如果你有些敏感，在听到一个拒绝之后就决定再也不提出任何请求，那么你其实并没有为关系之中的另一方留出空间，不是吗？对方的回应不应该只有一种，如果对方能够同意你的看法，那自然很好，但你会发现很多时候情况并非如此。你可能需要说："好的，我明白你的意思了，那你愿意做些什么呢？"或者"我们彼此能做些什么，来让双方的需求都得到满足？"

**真诚
交谈**

> 要满足自己的需求，你愿意具体说明自己想要什么，然后敞开心扉，接受让步、对话、谈判、同意或拒绝。

愿望。愿望是喜好的升级版，因为它们揭示了我们最强烈的希望。比如，你可能希望自己的伴侣或最好的朋友在情感上理解自己，或者至少愿意做出尝试。他人说你"太敏感了"，这与你内心深处被看见、被了解、被倾听的愿望背道而驰。如果你渴望被理解的愿望一直得不到满足，那么，这很可能会在未来某个时刻变成一个有关底线的问题。

就像对待自己的喜好和底线一样，自己的愿望也由你来定义，没有其他人能够插手。有时候，社会或家庭的影响会让我们的愿望变得模糊。比如，一位朋友告诉我，她最小的女儿要结婚了，但不想举办盛大的婚礼。我的朋友随后向女儿施压，让她举办一个"小型"的仪式。此外，她还拉着大女儿参加了"白色婚纱"行动，对准新娘说："我们真的觉得你们应该让家人和亲朋好友共同见证你们的婚礼。"幸运的是，那位新娘非常清楚地知道自己不想做这些事情。之后我收到一张从拉斯维加斯寄来的明信片，我暗自高兴起来。明信片上有一张照片，是这对坚定的恋人在一位模仿成猫王样子的人的主持之下结婚，照片中他们的笑脸上方写着"希望你也在这里"。

有时候，当我们极度敏感或者依赖助成时，我们会压制自己的愿望，因为我们感觉追求甚至表达自己的愿望会伤害他人的感情，激起所爱之人的评判或愤怒。对于共情者来说，情况更是如此。也许当你还是个孩子的时候，你就已经习惯了察觉父母的非言语反感。无论你过去或现在的经历如何，从现在开始，明确表达自己的愿望，这是一种自尊的表现。

底线。底线是无法让步的边界。我们所设立的外在边界是由自己的内部喜好所驱动的，每个人的底线都是不同的。只有你知道自己的底线是什么，因此你要坦然接受你所爱的人可能对你的一些底线并不理解。比如，我曾和一位男性长期交往，我们在很多方面都很合得来，除了一件大事——他习惯了久坐不动，而我想和更活跃的人在一起。他久坐不动的生活方式无法满足我的愿望——我想和伴侣分享自己对健身的热爱。当然，我也可以和朋友们一起远足，或者自己去健身房，但这并不是重点。我记得我曾经和一个朋友讨论过这件事，她说："但你们俩看起来真的很幸福，你就不能放过这件事吗？"事实是，她也许可以放过这件事，但我知道自己不能。这个底线导致了我们的分手。对于不同的人来说底线不同，可能是政治立场，或者是生活观，比如是否结婚、是否生孩子等。

关于底线还有一些更戏剧性的例子，比如不忠、背叛、成瘾、虐待。特别是在这些高风险的情况下，了解自己的底线与他人无关至关重要。我曾遇到过一些来访者，他们本来觉得自己永远都不会跟一个酒鬼或骗子在一起，直到发现自己正在跟一个酒鬼或骗子进行情感纠缠。在这些情况下，人们很容易为自己的行为找借口或将其合理化。事实上，你的底线是你与自己之间的事情，不需要他人的认可。这是你的选择，更重要的是，这是你的人生。

弄清楚对自己来说什么是绝对不行的，你就更容易知道，什么要保留，什么该丢弃。如果想要了解更多自己的喜好、愿望和底线，你可以阅读本书末尾"深入挖掘"中的相关内容。

如果我们不习惯说真话，我们就会一直活在自己的世界里，常常猜测他人的感受，或者默认对方了解我们之间发生了什么。要自信地表达自己，让我们来深入了解一下三阶段策略——识别—释放—回应。

学会使用三阶段策略

学会使用识别—释放—回应策略能够帮助你应对冲突，自信地表达自己，建立新的神经通路。这是成为边界大师的策略之一，它为实现与你的愿望相一致的生活奠定基础。

（1）**识别**。什么不适合你？你的身体感受如何？你是否想起了自己过去的某段经历，进而引发了身体的不适感？关注自己的感受，而不是评判或指责他人。提高对自我的认识，了解什么对自己有益，什么对自己不利。倾听自己的身体感受会促使你对过去的经历产生好奇心，也可以中断你惯常的行为方式，为美好事物的出现创造契机。

（2）**释放**。勇敢地走出舒适区。将呼吸带到感到不适的身体部位，找到并释放不适的感受，直至不适扩散。放下令你感到熟悉的事物，无论是你的限制性信念还是旧有的行为模式。识别移情和边界模式重演的状态。要知道，现在不是过去。告诉自己，"那都是过去的事情了"，放下它，这样你就能处于更为深思熟虑、更有策略的思维方式之中。

（3）**回应**。选择在自己更具正念和有意识的状态时说话和行动。向他人提出一个直接的请求。明确说出你的喜好、愿望、底线，之后采取新的行动。

现在你已经了解建立新行为模式的重要性，以及如何开始行动，接下来让我们看一看，三阶段策略如何作用于玛格达莱娜和她那因受到不必要的关注而产生的羞耻感。

在她的潜意识深处，玛格达莱娜觉得自己生来就不值得被爱。要知道，如果你像她一样有着某种根深蒂固的信念，那么你的潜意识会一直扫描你所处的环境，寻找证据来支持你的信念。潜意识是我们最好的助手。（"看，你是对的。他们就是在取笑你。"）为了清除这种消极的信息，玛格达莱娜首先通过自己的身体智慧觉察到问题所在，这是中断不需要的模式的开始。

她发现的第一个线索是，自己一走在街上就会感到胸部紧张。通过定期进行冥想练习，玛格达莱娜开始变得安住于当下，关注自己的本能与直觉。最后她发现，当她走在街上听到陌生男人说出任何话之前，就已经开始感到焦虑了。确实，她的焦虑感在事后翻了数倍，但认识到这种感受存在于陌生人不礼貌的搭讪之前，这是很有启示性的。她总是在精力充沛地做好准备迎接不必要的关注，这种预期的能量在她的过往经历中发挥了重要的作用。

玛格达莱娜开始探索，为什么她不喜欢自己的身体，以及她为什么会产生身材羞耻相关的想法和感受。尽管她与那些在街上吹口哨的陌生人没有任何关系，但她还是要解决自己的问题——

边界问题。她在街上走路时感到很拘束，这并非边界大师的风格，我觉得这也不是她可以采用的方式。许多人认为，建立边界就是把自己不想要的行为排除在外，这在一定程度上是正确的。但更重要的是，建立边界是在保护我们内心的冥想空间。

玛格达莱娜无法控制那些在街上吹口哨的人，但她可以改变自己的内心对话，从而保护自己。正如我们在第 5 章中了解到的，在书写自己故事的过程中，我们总会有意无意地参与其中。我们的内在现实、自我概念、自我身份认同都受到这个故事的影响。玛格达莱娜觉得自己不值得被爱的故事是可以改写的。

在与我进行心理咨询的过程中，玛格达莱娜开始真正接受和关爱自己的身体。她发现，正是因为有了健康的身体，自己才能以各种方式享受生活——跳萨尔萨舞，品尝自己最喜欢的烤迷迭香鸡肉配土豆泥，欣赏大自然的美景。没有健康的身体，这一切都不可能实现。在变得更加爱自己的过程中，玛格达莱娜开始放下消极的想法，打开心扉来接受一种耗能更低、活力更多的生活。她开始明白，自己的幸福在很大程度上取决于自己的想法，而不是他人做了什么或没做什么。

为了在回应方面做出改变，玛格达莱娜选择书写一个新的故事。最近她听到一个男人对她说"嘿，小妞，你真辣！"，她选择微笑着对自己进行同样的肯定：没错。我的身材紧致、丰满、美丽。身体没变，街区没变，吹口哨的人也没变，但玛格达莱娜却拥有了全新的体验。

唯一改变的是她的思维方式，她开始更加自由和开放地理解万事万物。这种体验给她带来了很多力量，这种全新的肯定自己身体的故事激发了她的热情，随着时间的推移，她走在街上时开始流露出自信。

**真诚
交谈**

使用三阶段策略（识别—释放—回应）识别旧有反应，缓解不适的身体症状和移情反应，之后用正念的方式进行回应，以达到你想要的结果。

这种观念的转变令她生活的其他方面产生了多米诺骨牌效应。她在工作中变得更为主动，也决定多去约会和恋爱。就算是在我的咨询室里，我也能看到她举止上的明显变化。她开始坐得笔直，整个人散发出自信和活力。终于，玛格达莱娜觉得自己就像女神一样，而且其实自己一直以来都是女神，这都是因为她决定付出努力，学会更好地与自己相处。

虽然玛格达莱娜的边界问题与亲人和同事无关，但同样的原则也适用于我们认识的人和更亲密的朋友。比如，如果一位女性的伴侣总是让她参与自己不喜欢的计划，那么她同样可以采用三阶段策略：

（1）**识别**自己当下的真实感受，并以此为契机中断自己的默认反应模式。（比如，悄悄生闷气，感到胃部不适。）

（2）**释放**所有基于过往经历或限制性思维的旧有情绪。（比如，我感觉自己受到了忽视，这和我跟父亲／姐姐／教练在一起时的感受一样，但我不必让过去影响现在。）

（3）用直接的请求来做出**回应**，要求伴侣在购买"超级碗豪华旅行套餐"作为结婚 15 周年的纪念"礼物"之前问一问自己的意见。（我喜欢你的这个想法——一起做些特别的事情来庆祝我们的结婚纪念日，但我想提一个小小的请求——关于做什么事来庆祝纪念日，我们一起做决定。）

许多人都习惯了为日常互动和经历赋予负面意义。对事件的解读决定了我们会产生何种情感反应，以及它们会对我们产生何种影响。要知道，"真相"是主观的，关键在于拥有何种视角。

完全掌握边界技能前的警告和鼓励

此刻，你正处于成为边界大师之旅的关键节点。你可能感觉有些不适，甚至感到自己一无所有，为什么特里要夺走我所有的武器？但是请听我说：对于过去的你来说，间接的、回避性的、无效的沟通方式可能是一种熟悉的行为模式，现在让我们尝试用更宽广的视角来看待这个问题。尽管旧有行为模式可能已经在你的大脑中建立了稳定的神经通路，但它们实际上并没有为你提供服务。你已经增强了觉察，无法再采用旧有的防御机制和混乱的边界策略，然而你还没有完全掌握新的技能。我称这个阶段为个人改变的过渡期。

你一路走到自己的"心灵地下室"，打开手电筒，看到了自己无法忽视的东西。这意味着，即使你想要，你也无法再次拥有过去的生活方式。相信我，你不会想要回到过去。

通常情况下，在这个过渡期，你会产生对抗行为，这种对抗就像是打地鼠游戏，直到新的行为得到完全整合。没有关系，新事物确实可能令人感到非常不适（由此产生对抗）。这是锻炼边界大师技能的绝佳时机。要知道，你比自己想象中的要强大得多。

**真诚
交谈**

一小步一小步持续地坚持自我能够缩短过渡期，更快地摆脱混乱的边界行为。

为了应对这段过渡期，你可以先拿生活中没那么重要的人来练手，使用新的边界技能。自然地，你在一个每年只见几次面的人或者你的邮递员身上投入的感情较少。下次当你再看到前任房客的信件塞满你的小信箱时，不要再暗自感到烦躁并把信放回邮箱，希望邮递员菲利普能明白自己的暗示，你可以直接对他提出请求。"我想请你注意一下 / 提出一个直接的请求 / 让你知道这件事。"（这样，你就不太可能有一天朝他大喊："菲利普，你怎么还不知道？桑德拉·詹卡洛已经搬走 5 年了！"）你可以从对自己重要性较低的人开始，进行一些影响较小的互动。

寻找机会表达自己是缩短过渡期的有效方法。在你更为投入的关系中迈出一小步。告诉你的伴侣，你真的很喜欢热辣鸡翅，而不是总要附和他清淡饮食。（想想看，你对身边人喜好的了解，比他们对你的了解要多得多。）你有无限的机会在这个世界上占据更多空间，每次你采取行动，你都在强化一个至关重要的事实：你很重要。

一步一步地承认你的进步，这能够激活希望之泉，帮助你重建适应力，这是一种非常需要毅力和奉献精神的储备工作。你会遇到非常艰难的时刻，会想要放弃。但请相信，你的新常态总会呈现，你不再需要投入过多的精力和过度思考。

真诚
交谈

　　你的舒适区是一个牢笼。此刻正是你迈出舒适区的时候，外面的世界才有你真正想要的一切。我们正在增强你的觉察，用新的行为覆盖旧有行为，直到这种新的生活模式成为你新的神经通路和新常态。

▶ 将掌控边界付诸实践 ◀

1. **保持觉察。**留意自己的身体信号。在一天中，不时地问问自己：
   "我现在需要什么？我饿了、渴了、累了吗？我需要伸展一下、做
   做运动吗？"然后花时间来为自己提供需要的东西。

2. **深入挖掘：了解自己的喜好、愿望和底线。**自我理解是你正在学
   习的边界技能之一。为了深化自我理解，请阅读本书末尾"深入
   挖掘"中的相关内容，探索自己的喜好、愿望和底线。

3. **激发灵感：不再源自妈妈的肯定。**创造能令你产生共鸣的表示肯
   定的方式，这能够激发改变的出现。请阅读本书末尾"深入挖掘"
   中的相关内容。

第 7 章

主动建立边界感

我的来访者玛丽亚来找我进行心理咨询，她在成年后体重一直超过体重标准 50 ～ 80 磅[⊖]，这已经开始严重影响她的身体健康。她尝试了几乎所有方法，却都无法成功减重而不反弹。她对我说，她觉得自己的努力是徒劳的。

"减肥让我感到痛苦，我很累。我很爱我的丈夫，可我觉得他希望我保持现状。"她说道，同时羞愧地低下了头。

我钦佩她的勇气，也第一次看到了，我们的咨询可以从哪里开始。

玛丽亚与格斯结婚 20 年了，她是一位创业妈妈，一边抚养孩子克莱奥和迪米特里厄斯，一边成功地经营着一家美容公司，

⊖ 1 磅≈ 0.45 千克。——编者注

销售纯素护肤品和营养品。她形容自己和爱人之间的关系是快乐的，彼此相互支持。玛丽亚和她的爱人格斯在抚养孩子上协作良好，两人都自然地将孩子和家庭生活放在第一位。他们会一起参加音乐节，与亲朋好友共度美好时光：夏日烧烤、读书会、有趣而热闹的晚宴。玛丽亚说，格斯除了全身心地投入他们活跃的家庭和社交生活之外，还是一位耐心而细致的倾听者。听起来他们的生活过得很幸福。

当我请她展开说说觉得哪里出了问题时，她说，每一次当自己开始努力减肥时，格斯一开始都会鼓励和支持她，持续三四周的时间。（我心想，她能注意到这一点，真的很棒。）然而，当她减去几磅体重后，她会感觉到格斯的态度和行为发生很大变化。比如，格斯会为她烤她最喜欢的蛋糕，告诉她偶尔"放纵"一下问题不大。或者，他会为全家人预订他们最喜欢的意大利餐厅，庆祝某个"特别的日子"。

随着我们的进一步探索，玛丽亚还提到，格斯没有支持她每天散步 20 分钟的提议，而总是要玛丽亚陪自己看完电视节目，或者答应第二天与她一起散步，但很少兑现承诺。

由于格斯大多数时候都很支持她，因此我得出结论，这些破坏性行为可能意味着，在某种程度上，玛丽亚减肥的规划让他在潜意识里感到了威胁。

我们的任务是更好地了解玛丽亚和格斯之间关系的现状，包括那些隐藏已久的心理动机，帮助玛丽亚设立健康的边界，明确地提出请求。这样，她就能实施自己的减肥计划，开始有意识地与格斯进行沟通，成功改变他们之间的边界模式。

双方默认的边界

从玛丽亚的描述来看，她和格斯之间似乎有一种默契——双方都回避冲突、压抑可能威胁亲密关系的个性特点，让彼此感到舒适。这听起来是不是很熟悉？

也许你曾经有过这样的经历：你的伴侣或亲人讨厌就那些需要消耗心力的情绪问题进行直接沟通。你们总是得小心翼翼地绕过问题，无法正面解决它们。另一个双方默认边界的例子通常出现在大家庭中。也许你有着一位专横的父亲/母亲/兄弟姐妹，他/她总是试图用金钱或不请自来的建议来操纵你。你不喜欢受人操纵的感受，但不会说出来，只是一直点头微笑，内心却充满了怨恨。

审视自身：建立清晰的边界

默认的边界是指在你的人际关系中未明确的一些交往规则。对他人的假设是促成这种默认边界的动力。为了看清你何时会做出假设来避免真诚交谈，请花一点儿时间思考以下问题：

☐ 当你真的希望某人为你做某事时，你是否曾经觉得他凭本能就能理解你的意思，因为这件事对你来说太明显了？

□ 你是否曾经容忍他人的冒犯性评论，告诉自己对方并无恶意？

□ 你是否认为，如果你在朋友生日时热心地帮她庆祝，那么当你的生日到来时，她也会为你做同样的事情？

□ 你是否曾经想过："我本不应该告诉她那个的"，或者"他现在应该知道那个了"？

确定你的假设何时影响了你进行明确表达的能力，是成为边界大师旅途中建立清晰边界的第一步。

就像我们的边界蓝图一样，这些默认的边界往往未经审查。隐藏在暗处的它们可能有着巨大的破坏力。当默认的边界生效时，你可能不觉得把它说清楚也是一种选择。然而，你现在已经意识到，自己始终是有选择的。

玛丽亚并不知道她婚姻中的那些默认的边界是问题所在。在我看来，显而易见的是，他们都害怕改变已然确立的边界，尤其是在他们的关系总体来看还算不错的情况下。对我们所有人来说，在采取行动设立主动式边界时，这种对变化的恐惧通常都是第一个障碍。

然而，我们唯一能指望的就是改变。据我的朋友、冥想和正念专家大卫吉所说，改变就像呼吸。它并非过程的一部分，它就是过程本身[1]。随遇而安会让人从内心深处感受到一种自由，可是有意识地选择拥抱未知的人才是真正的游戏规则改变者。你可以学会拥抱未知，那里充满了无限的可能性。

对于我们许多人来说，从理论上理解这个概念是一回事；在设立个人边界的过程中，从改变中找到宁静，是另一回事。

正如我们在第 3 章中讨论的，人类天生对变化感到恐惧。尽管我们不再像祖先那样常常面临生命威胁，但恐惧的感受仍然会出现。当那种根深蒂固的原始恐惧完全控制了我们的时候，我们很难摆脱它。幸运的是，你现在的边界大师工具包中装有三阶段策略（识别—释放—回应），它能帮助你中断所有默认的生理反应。这使你在应对各种令人焦虑的情况时，能够更加深思熟虑地做出回应。

你需要随身携带三阶段策略。随着你边界技能的建立和知识的不断积累，你可能会再次遇到一些阻碍。也许你会害怕成功（更健康的边界会让你失去一些不那么健康却令你熟悉的方式所带来的舒适感），或者害怕失败（更健康的边界可能意味着面临更多的拒绝、不适、不完美）。

真诚
交谈

请注意，当我们害怕改变时，我们倾向于紧紧抓住旧有而熟悉的行为方式，尽管它们无法帮助我们实现期望的结果。

对成功和失败的恐惧是一枚硬币的正反两面，而这枚硬币就是对变化的恐惧。当你一层层地剥开自己的焦虑之后，你会发现，害怕变化实际上是害怕失去，失去熟悉的东西，进入未知的领域。然而，随着思维方式的转变，我们对变化可能感到兴奋，而不是恐惧。

在已经建立联结的关系之中，一方做出改变可能让双方都感受到极大的威胁，即使双方内心都深知，变化是必需的。

为了帮助你应对改变旧有边界模式所带来的恐惧，我将引导你详细了解如何从被动式边界转变到主动式边界。一旦你懂得了如何做到这一点，那时恐惧可能仍然存在，但它不再会阻止你说出自己的真实想法。

这个循序渐进的过程能够帮助你尽早发现边界冲突，改变所有间接的沟通习惯，自信地表达自己。要想达成目标，你需要像我们在上一章中所做的那样，确定自己的喜好、愿望、底线，还要知道或预测你要跟谁打交道。你还需要考虑一下，在各个生活领域你想要建立怎样的关系。

比如，你的同事鲍勃在你回到家后还要给你打视频电话，你不喜欢这样。如果你有被动式的边界模式，那么你可能会给他一些暗示，像是简短的谈话和投射动作（比如翻白眼）。你希望他能看到你明显很生气，然后停下来，但他没有，这场互动很快就让人厌烦了。

你要好好应对鲍勃，而不是希望他能明白你的暗示，制定主动式边界策略将有所帮助。由于新的行为和反应通常都会遇到阻力，因此你可以默认鲍勃不喜欢你"只聊工作"的边界设置。这合乎常理，不过更重要的是，你预料到做出任何改变都会让人感到不适，这表明你和鲍勃之间存在一个双方默认的边界。如果你不直接对鲍勃说"别废话了"，你实际上就是在默认他能够侵犯你的边界。

主动式边界在任何关系中都是至关重要的，包括同事之间的关系、企业家与客户的关系、商业伙伴之间的关系。它们能够确立你的期望，帮助你在日后避免冲突，并增加你拥有健康而有益的关系的可能性。其他关系也是如此，从友谊、家庭关系到邻居关系，几乎所有的关系都是这样。主动式边界为你成功掌控边界奠定了基础。

问题在于，无论你现在正在努力处理哪种关系，你都有责任面对自己的恐惧——对改变双方默认的边界所感到的恐惧，你的主动式边界是由你来制定的。要做到这一点，你首先要审视自己的内在边界，这直接反映了你与自己的关系是否健康。

建立健康的内在边界

如果你的外在边界是在告诉他人你将如何（或不会如何）与他们互动，那么你的内在边界就明确了你如何与自己互动。

在玛丽亚向格斯表明她的主动式边界之前，我们需要弄清楚她的内在边界，即她允许自己的内心体验怎样的经历和感受。我感觉她的内在边界需要更健康一些。否则，她在拒绝爱人给她烤的蛋糕时会轻松得多，只需要说一句"亲爱的，不用了，谢谢你"。

拥有坚定的内在边界需要明确的自我认识和对自己信守诺言的力量（这解释了为什么我们要先在第 2 章进行"什么可以，什么不可以"练习。如果你当时跳过了这个练习，现在就去做吧）。比如，你可能对自己说，要养成每周去练习瑜伽的新的健康习惯，但几周后，社交媒体／朋友／舒服的沙发就分散了你的注意力，你因此翘了瑜伽课。

真诚
交谈

> 内在边界建立在真实的自我认知之上。它们决定了你的内心允许自己接受哪些经历和感受。它们直接反映了你与自己的关系是否健康。

嘿，你是个人。你不必完美，但要明白，当你对自己做出承诺却无法兑现时（或者不能为了个人进步而延迟满足时），你已经放弃了自己。

自我抛弃是内在边界受损的主要表现之一，会损害你做出健康选择的能力。如果你总是自我抛弃，你将永远无法到达目的地。

健康的内在边界是非常可贵的。当你拥有了它，你就可以始终相信，自己能够遵守承诺完成事情。你的内心感到平静，因为你足够信任自己、关怀自己。比如，为了遵守你练习瑜伽的承诺，你可以请母亲晚一个小时来见你。这里有两种类型的边界在起作用：一种是内在边界，即遵守你对自己的承诺，不翘瑜伽课；另一种是外在边界，即要求你的母亲晚一个小时来。再比如，当你想要一段更有实质意义的关系时，拒绝与前任做朋友。对于那些真的不适合你的事情，你头脑清晰地说出"这不是我想要的"，因为它们与你的愿望相悖。你更看重自己的真实感受，而不是担心他人对你所建立的边界做何反应。健康的内在边界给你带来力量，无论是在自我关系中，还是在人际关系中，都让你在行动和决策上与真实自我保持一致。这个概念听起来可能很简单，但对我们许多人来说，它非常具有挑战性。

你可能会感到有一点疑惑。

你已经知道，一个人的原生家庭为其边界模式的健康程度设立了标准。也就是说，如果你在童年时感受到信任危机，或者你的边界遭受侵犯，那么你现在的内在边界可能不稳定。如果父母一方或双方没能对你信守诺言，或者忽视、虐待你，这就可能使得混乱的内在边界在你成年后持续存在。

在内在边界不健康的情况下，你可能很容易受到他人的期望和愿望的影响（比如，尽管你向自己承诺要戒酒，但在与酗酒的朋友们一起聚会时，你还是会尽情豪饮）。或者你已经开始参加某个课程、培训或项目，但在完成它们之前，你总能找到理由退出。再或者，你可能一再向你的伴侣/姐妹/朋友承诺，要开始或停止某种很渴望的或不想要的行为，却总是无法实现。又或者，当有人行为不当或者严重地侵犯了你的个人边界时，你无法与其直接进行沟通。

真诚
交谈

　　自我抛弃是内在边界受损的主要表现之一。

审视自身：对自己信守诺言

现在，快速盘点一下，你在哪些方面没有对自己信守诺言。这个评估能够增强你的觉察，帮助你持续地关注自己。

☐ 你是否常常为自己找借口？

☐ 你说的话是否总是不准确？你说十分钟，但实际上是一个小时？

☐ 你是否过度做出承诺？

☐ 你是否宣称要改变不健康的习惯，但未能坚持下去？

☐ 你是否容易受到他人意见、想法、判断、批评的影响？

☐ 你是否总是犹豫不决？

☐ 你是否经常设立目标，但几周之内就会放弃它？

☐ 如果你知道他人会表示反对或不同意，你是否很难说出自己的真实想法？

如果你对上述问题至少有一半的回答是肯定的，那么你的内在边界需要加强，坚持下去吧！关注自己很重要，因为你本身就很重要。

改变这些模式需要时间，但成功的最重要因素是下定决心不再自我抛弃。放慢脚步，用正念和冥想（如第 6 章所讨论的）为自己创造更多的内在空间，帮助你意识到自己何时会陷入旧有行为。那一刻是你的决策时刻，是你人生道路上的分叉点，你可以继续沿着熟悉的模式前行，或者做出不同的选择。对于你内在边界的加强，这些选择性时刻至关重要。你会继续做同样的事情，即使你知道它不会让你得到想要的结果，还是会有意识地选择做出新的、更为自我肯定的行为？牢记大目标，关注小步骤，并在每次选择做出新行为时恭喜自己。选择不抛弃自己（或损害自己的人际关系）不仅可以加强你的内在边界，还可以建立你的自尊。

和很多人一样，玛丽亚受损的内在边界反映在她与自己的冲突中。我可以理解她为什么心情如此矛盾。继续熟悉的边界模式不仅仅让她感到舒适，她还知道，格斯为她烤蛋糕、请她吃意大利菜是他一直以来表达爱的方式。但是吃蛋糕和有着 4 种奶酪的意大利面（一道菜真的需要 4 种奶酪吗？）并不能帮助她实现减肥、感觉更好的最终目标。那么这些举动真的是爱的表现吗？其实并不是。告诉格斯这一点是玛丽亚的责任。

接下来，我们需要让玛丽亚做好准备，在健康的愿望中变得更加强大，在格斯拿出蛋糕时不再抛弃自己。她真的希望他能在她的健康之路上成为自己的伙伴，就像在他们生活中的其他方面一样。

关注大局让玛丽亚更容易在每次放弃时停止自责（你好，刻薄的内在小孩管理会）。她开始提醒自己，一步一步来才是改变边界模式的真正方法。当她真的想拒绝，但仍然接受的时候，她开始把这看作一个自我探索的机会。自我抛弃是什么样的感受？自己能否觉察到这些感受和知觉，并将其视为自己好奇的信号？自己能否拿出足够长的时间来做出更健康的行为？一旦玛丽亚明确，自己的内在边界可以得到加强，她就更有信心与格斯一起做出改变了。

**真诚
交谈**

当你拥有健康的内在边界时，你就可以始终相信，自己能够信守诺言完成事情。你的内心感到平静，因为你足够信任自己、关怀自己。

阻碍建立边界的策略

格斯一开始支持玛丽亚，但之后却一直阻碍她的努力，这是一种典型的改变回归策略（change-back maneuver）[2]。改变回归是一种反应性的、无意识的尝试，旨在抵制变化、恢复原状。玛丽亚追求健康的举动颠覆了他们之间已经建立的关系动力，格斯的行为传达了一个明确的信息：玛丽亚，我不喜欢你最近追求健康的举动。

在不同的情况下，改变回归可能表现为："你对素食主义太过痴迷了，我担心这会让你生病"或者"心理咨询改变了你，你不再是我爱上的那个快乐温柔的女人了"。

无论改变回归是用言语还是行为表达，意图都是一样的：阻碍建立边界或明确表达渴望改变的人。如果你处在改变回归策略的接收端，那么你要明白，这个策略可能并非出于恶意。改变回归策略可能令人不安，但克服这种不适，理解你所遇到阻力的深层动机，你会发现一切都值得。冷静地坚守自己的立场，你可以获得巨大的力量和更为深层的亲密关系。

玛丽亚知道格斯是一个正派的人，他不会故意阻碍她。因此她不会一上来就说："格斯，你在搞什么？我已经知道烤蛋糕是你在故意玩的把戏了！"玛丽亚反而想了解，为什么格斯会无意识地希望她保持现状。

最可能的原因是，格斯害怕失去她。如果减肥使玛丽亚发生了很大的变化，让她失去了对自己的兴趣怎么办？他认识的那个女人在他们的整段关系中一直处于超重状态。如果一个焕然一新的、更加健康的玛丽亚想要和一个同样焕然一新的人在一起，那该怎么办呢？

▪ 建立全新的边界模式

　　觉察到格斯正在严肃地（尽管是无意识地）使用一些改变回归策略，这是一个很好的开始。知道格斯的行为很可能是出于恐惧而非恶意，这为玛丽亚建立主动式边界提供了动力。但我们仍然需要进一步挖掘玛丽亚的过往经历，她是如何陷入这种不健康的关系模式的呢？毕竟，玛丽亚自己一直允许格斯无意识的恐惧影响她的健康。像许多糟糕的边界模式一样，这种关系模式对双方都没有好处。

　　玛丽亚在一个防御性很强的家庭环境中长大，家人们对批评过于敏感，从来不开诚布公地讨论问题。家人们不是通过坦诚交流，而是通过怀恨在心、讽刺挖苦等方式，来表达自己的怨恨和不满。这导致玛丽亚在成年后，为了避免冲突而变得过于顺从，毫不奇怪，这影响了她与格斯沟通的能力。

　　你在童年时所受到的对待以及你观察到的行为模式，决定了你在成年后对感知到的批评做出怎样的反应。如果你的父母在你犯错时严厉地惩罚你，或者经常羞辱你，那么你对负面反馈可能发展出一种根深蒂固的反应，将其作为一种自我保护机制，比如回避或否认。当有人向你表达愤怒、挫败或失望时，自我保护的本能可能会触发防御性反应。童年时的适应性行为（比如将父母反复无常的需求置于自己的需求之上）成为成年后亲密关系的主要障碍。这种行为抑制了真实、相互分享的可能，为莫名的冲突而非合作铺设舞台。在这场游戏中，没有人是赢家。

在玛丽亚的原生家庭中，家人之间非常亲密，几乎没有个人隐私。为了避免出现棘手的话题，家人们有很多感受无法表达，他们选择用食物来麻痹这些感受。比如，当玛丽亚和她的母亲发生争执时，母亲就会给她烤她最喜欢的蛋糕，而不是和她好好谈一谈。（是的，格斯做了一模一样的蛋糕，是他岳母传授给他的。）玛丽亚记得，母亲会站在她身边说："吃吧！你会感觉好一些的。"

玛丽亚没有学会觉察自己的感受和边界，并与人有效沟通，而是学会了用甜品和其他安慰性食物来包裹自己的感受。吃甜食成为玛丽亚的一种自我安慰方式，她母亲在生气时也会吃甜食。看到现在（不尊重自己的感受）和过去（用食物包裹自己的感受）之间的联系，这对玛丽亚改变与格斯之间的边界模式至关重要。

此外，还需要考虑文化背景因素。玛丽亚和格斯都来自希腊大家庭，在这种文化中，人们常常用食物来表达爱意和关怀。因此，玛丽亚担心拒绝格斯的食物会令他受到伤害。一想到可能会给格斯带来痛苦，玛丽亚就感到无法忍受。尽管在外界看来，玛丽亚是一位积极、乐观、无忧无虑的女性，但实际上她内心非常没有安全感，总是想要寻求他人的认可。这进一步阻碍了她与格斯、与他人建立健康的边界。她需要弄清楚，其他人（包括格斯）如何回应她的需求并不是她的责任，也不是她应该关注的问题。她的责任是了解和明确自己的需求，并为自己的需求进行谈判。

掌握了真实信息，我们就可以开始帮玛丽亚制定主动式边界策略了。我们希望她能够为自己的幸福负责，并简洁地提出直接的请求：格斯未来的所作所为要支持她的健康生活方式（亲爱的，别再给我烤蛋糕了）。她还要向他保证，无论自己的体重有何变化，她都会忠于他们的婚姻。

▰ 初次侵犯边界者与屡次侵犯边界者

在将关于建立边界的理论理解应用到实际生活之前，我们需要了解两种不同类型的人：初次侵犯边界者（比如格斯）和屡次侵犯边界者。

初次侵犯边界者是指那些你从未用言辞对其表达过边界要求的人。比如一个同事，他毫不避讳地请你对他的家事发表意见（即使你既不是心理咨询师，也不是他的朋友）。或者你的姐姐，多次不经你同意就穿走你最喜欢的礼裙。你可能会暗地里觉得这些人是自私的边界霸凌者，他们在利用你。实际上，这些情况可能出于其他原因，他们可能毫不知情，或者选择视而不见，无法理解你的含蓄暗示，又或者他们可能在否认他们不喜欢的现实，也许他们认为没有指责就意味着默认接受。无论是哪种边界模式，你都还没有给他们机会来改变自己的行为。为此，你需要清晰而冷静地直接提出你的边界要求。他们对你的要求所做出的反应将表明他们真正的想法和感受。

屡次侵犯边界者则不同。他们是你已经对其明确提出边界要求，但仍然侵犯你边界的人。他们装作无辜，选择性记忆，甚至试图说服你放弃自己的边界。想想看：那个不顾你个人喜好的前任告诉你，你的不安全感才是问题所在。还有那个大大咧咧的同事，像往常一样，迟到了15分钟，和你说："我刚才顺路去商店退了个东西，谢谢你等我。"尽管你之前已经明确要求，如果时间有变要提前告诉自己一下。在应对屡次侵犯边界者时，你需要在你的边界要求中添加具体的后果，我们将在后面讨论这个问题。

应对屡次侵犯边界者很容易令人感到沮丧，尤其是当你童年时期未被看见的问题还未得到解决时。请深呼吸。这个人可能是边界破坏者，他要么没有兴趣，要么没有能力考虑你的真实感受（我们将在第9章探讨相关内容）。你在为自己的边界要求添加后果并付诸实践之后，才能拥有新的发现。

真诚
交谈

　　当你改变旧有的边界模式时，你可能会遇到对方使用改变回归策略的情况。这是一种无意识的抵制改变、恢复原状的尝试。

无论你是在应对初次侵犯边界者还是屡次侵犯边界者，你要做的都是关注自己的感受和目标。要知道，当你向旧有边界模式中引入新行为时，对方是会注意到的。有些人会对此感觉良好，有些人则不会。不要因为害怕他人的反应而改变你的决定，这一点对你的成功至关重要。

许多人，尤其是高功能性依赖助成者和习惯共情的人，已经习惯了以他人为中心。他们最大的边界障碍之一就是对拒绝的过度敏感。在表达自己的喜好、愿望、底线时，最重要的是要明白，他人的抵制或自发反应反映的是他们自己的问题。也就是说，这是他们的责任。你要关注自己，尽管你此时非常想要深入分析对方当前的心理感受，但这并不能帮助你达成自我赋能的长期目标。（更不用说他们的心理健康是他们自己要考虑的事情了。）

为一些阻力做好准备是明智的，你能搞定的。不要把他人的反应（言辞或其他）当作你放弃的理由。坚持到底，保持信心。要知道，改变是一点一点发生的。你只需一步一个脚印地向前走，一次做出一个小改变，你的边界技能练习将令你的未来充满幸福。

制定主动式边界策略

你的主动式边界策略是基于你独特的过往经历、生活体验和边界风格制定的。你可以根据不同的关系，以及你在应对初次触犯边界者还是屡次侵犯边界者，来制订不同的计划。你还需要考虑何时是最佳交谈时间。比如，如果在午饭前你知道老板情绪不好，那么就等到午饭后再和她谈论你的休假事宜。

现在，让我们来看一看制定主动式边界策略的步骤。

第一步：明确你的边界。弄清楚自己希望建立的边界是怎样的。仅仅希望事情有所改变是不够的。如果你发现自己希望爱人能更"敏感"一些，那么你就努力说得更具体一点儿。也许你真正想要的是明确的承诺。

比如，不要向你的爱人抱怨"你需要更明智地理财"，而要提出一个具体的建议——在购买超过指定金额的物品时，要征求一下对方的意见。

说得具体会大大提高相互理解的可能性，彼此的需求也更有可能得到满足，因此你必须明确自己想要的是什么。

第二步：审视自己。反思一下自己无意识的想法，这些想法可能还在消耗你的能量。使用第 5 章中的三个问题，问一问自己：这个人让我想起了谁？我在哪里曾经有过这样的感受？这种行为对我来说有什么熟悉之处？

这三个问题会让你迅速觉察自己的移情反应，这些反应可能在影响你看清局势。让无意识变为有意识，使你可以根据当前的事实提出边界要求，而不受未解决的过往伤害的影响。

第三步：想象想要的结果。可视化想象一下，你希望自己的边界对话如何展开。摆脱恐惧是至关重要的，要关注积极的一面。被看见的感受是很好的，勇敢地做真实的自己是一件很棒的事情。

可视化想象是一门屡试不爽的技术，一些顶级运动员常用它来提高自己的运动表现。这个心理准备工作在内部和外部都创造了最佳条件，帮助我们成功地提出边界要求。我们能控制的只有自己，大胆地表达我们期望建立的边界模式是我们的目标所在。对方的反应将揭示他们愿意做什么，或者能够做什么。比如，如果有人不愿意做出让步，对你的感受不感兴趣，或者因为你敢于坚持自我而受到冒犯，那么你将有机会做出合适的回应，或许你也会重新考虑这段关系。

你的感受和期望会极大地影响你想要的结果。创造你想要的结果的秘诀（无论是成功提出边界要求，还是实现其他目标）是对其进行可视化想象，并感受拥有它之后的感觉。这包括在想象过程中调动你所有的感官：视觉、嗅觉、味觉、触觉、听觉。

第四步：运用直接的表述。用简洁、直接、适当的语言来编写脚本。依据不同的情况运用不同的表述，你的目标是告知对方你的喜好、愿望、要求或限制，以及在不同情况下你的底线。

比如，你可以说："我想提出一个小小的请求，下次你再借走我的车开时，请加满油再开回来，而不是把油用光。"或者"我想提醒你，今天在我们的家庭会议上，你一直在用手机发短信，这让我有点儿在意。我希望在下周的会议上，你能遵守我们之前商定的规则，放下手机。"

**真诚
交谈**

　　我们能控制的只有自己，大胆地表达我们期望建立的边界模式是我们的目标所在。对方的反应将揭示他们愿意做什么，或者能够做什么。

　　在提出要求或建立边界时，你无须交代原因（你分心了，这让我有些介意）。但是，在某些情况下，提供一些背景信息可以帮助对方更好地理解你的立场（想要所有人都遵守规则，把所有的注意力放在会议上）。

　　不过，请注意，在提供背景信息时，你是在交代原因，而不是试图说服对方你有权建立自己的边界。你无须说服任何人（除了你自己。小贴士：说真话是你的权利）。提供背景信息只是为了帮助对方更好地理解你和你的边界要求。

　　第五步：表达感激之情。认可和感激是你成功制定主动式边界策略的关键。对新行为的积极强化增强了其可持续性。一个简单的表述也可以增加善意，比如："我很感激你在和贝蒂做出约定之前和我商量。你的体贴让我感到被看见、被关怀，谢谢你。"善意越多，越能产生感激之情，双方之间的关系就越灵活而持久。

熟练掌握边界语言

在玛丽亚的例子中，尽管她埋怨格斯的干涉，知道这是不健康的，但她还是为"拒绝"他用蛋糕和意大利面来表达爱意感到内疚。

这种内疚使她与格斯不健康的动力部分缠绕在一起。如果她能摆脱这种不健康的关系动力，她就能够阻止格斯对她放弃努力的规劝，变得更为健康。这种积极的观点让玛丽亚感到振奋。她看到了双赢局面存在的可能。

用简单、直接的语言提出边界要求，这成为她捍卫关系的最大潜能，无论格斯是否会抵制她的要求。玛丽亚不断增长的边界智慧无疑会渗入婚姻之中，有望为她和格斯构建一个更高层次、更真实的互动空间，加深他们之间的亲密关系。在我和玛丽亚的共同努力下，最后只剩下一个问题：格斯是否拥有足够的弹性，来适应变化和新的边界模式？

作为女性，我们常常得到教导："如果你没有什么好说的，就什么都别说。"这个世界对女性明示和暗示的信息都很明确：你不要抱怨，而要包容！（鲍勃，你今天在会议上公然抢走我的功劳，还叫我不要抱怨，你在开玩笑吗？）我们可以清晰地感受到这些经历对我们所造成的伤害。但即便如此，我们有时候还是很难克服惯性，表达自己的真实想法。

说到底，作为人类，我们最基本的需求之一就是得到理解。在一段关系中或者生活之中，遭受误解、无人理解会令人感到深深的沮丧。孤独感可能是抑郁情绪甚至自杀想法的前兆，最为剧烈的孤独感往往出现在一段关系中遭受对方误解的时候，如果你的感受在这段关系中无关紧要，情况就更糟糕了。那你就更有必要把自己的真实想法表达清楚了。

真诚
交谈

主动式边界策略为你提供了工具，来预测现有关系中的情况，并改变与初次侵犯边界者和屡次侵犯边界者之间的边界模式。

熟练掌握边界语言是通往更深入、更充实关系体验的桥梁。构建自己独特的边界脚本，并在与对方交谈前（对着镜子或与朋友）清晰地表达出来，这可以消除一些紧张感。你做得越多，它就变得越容易、越自然。现在就行动起来吧！

◾ 恰当表述的意义

我的来访者曾经对我说，在制定主动式边界策略的过程中，最具挑战性的步骤往往是找到恰当的表述。在第 10 章中，我们将讨论现实生活中的故事与情境，但你现在就可以开始思考这个问题，无须等待。

一个重要的事实是，你不需要找到完美的表述，也不需要完美地执行它。即使混乱、糟糕、满头大汗地开始也没关系。重要的是立刻开始行动——完美主义，再见吧。

构建边界脚本的目的是使用适当而清晰的语言来进行陈述，告诉对方问题所在、愿望是什么。以下四个步骤基于马歇尔·卢森堡博士所研究的非暴力沟通过程 [3]。

（1）**陈述问题**。如果当下的情况是刚刚发生的，那么你可以先提醒对方关注你的问题，"我想和你谈一谈这件事——你在未经我允许的情况下使用我的备用钥匙，拿走了我的东西。"

（2）**表达你的感受**。接下来，逐渐展开你的感受。"那条我最喜欢的披肩，我已经找它两周了，而你现在才告诉我，你没有先问我一声就把它带走旅行了，这件事让我有点儿难过。"

（3）**直接提出请求**。然后，以轻松而非对抗性的方式来说出你的需求。根据《非暴力沟通》（这本书是讨论冲突解决的开创性著作）的作者卢森堡博士所说，所有请求都可以很简单。此外，你可以为这个明确而直接的请求附上一个共同利益点。比如，"我想提出一个小小的请求——将来如果你想借我的东西，请先和我打好招呼，这样我们就可以继续相互分享了（共同利益点），不会因争吵而破坏我们的姐妹相聚时光（共同利益点）。"

（4）**提出一个方案**。接下来，提出一个边界方案。"我们对此能否达成一致——如果你想借走我的某个东西，你会先和我打好招呼"这是一种让对方参与进来，为建立新的边界模式平等承担责任的方式。

即使对于那些愿意建立新边界模式的人，你可能也需要多次重申你的喜好和底线。根深蒂固的行为模式需要时间和不断重复才能得以改变，它需要我们一直保持觉察，以便有意识地选择新的行动。对我们大多数人来说，这很难做到。

一项由哈佛大学的心理学家丹尼尔·吉尔伯特（Daniel Gilbert）和马修·基林斯沃斯（Mathew Killingsworth）开展的研究发现，人们在近一半的时间里，既没有关注外部世界，也没有关注自己当下在做的事情。这种现象称为"心灵漫游"（mind wandering）。根据他们在哈佛医学院所开展的研究，心灵漫游具有重要的功能，即减轻焦虑。负责心灵漫游的大脑回路也帮助我们保持自我意识，更准确地理解他人的想法[4]。

成为边界大师的秘诀是，你要明白，在几乎一半的时间里，你试图与之建立新边界模式的人没有足够的觉察来做出新的行动。因此，你一定要有耐心。

■ 设立后果的作用

面对屡次侵犯边界者，当他们多次无视你的请求时，你还可以添加一个额外的步骤：设立后果。设立并清楚地说明后果可以促使他人尊重你的边界，从而保护你自己。你可以这样说："我之前向你提出了一个请求——如果你想借我的东西，请先和我打好招呼。你一个月前就同意了，就在你未经允许就借走我的蒸锅之后。我非常希望你能信守诺言。如果这种情况再次发生，我只能收回我的公寓钥匙了。"

对于初次侵犯边界的人，你不需要明确说出后果。相反，你要首先了解自己的底线和喜好。你可能会惊喜地发现，自己的沟通产生了积极的效果。

在玛丽亚的例子中，如果强调一起变健康这一共同利益点无法激励格斯减少碳水化合物的摄入，那么玛丽亚可以选择设立一个后果。比如："如果你继续要我吃不利于实现我的减肥目标的食物，我以后就单独准备自己的食物吧。"对有些人来说，这可能听起来并不像一个很严重的后果，但在他们的家庭体系中，食物意味着爱，因此这样的举动对他们来说具有重要的意义。

你所设立的后果应该与遭受边界侵犯的程度以及它所带来的痛苦、不适的程度保持一致。一个人反复从你的钱包里偷钱的后果（坐牢）不应该与一个人反复迟到 20 分钟的后果（不再与他聚会）相同。我们需要明智地选择参加哪一场战斗，并接受"让步"是一段有弹性、健康、持久关系的基本组成部分。

真诚
交谈

言行一致是至关重要的，不一致将使得边界模式变得无效。

作为人类，痛苦或不适通常是行为改变的根本驱动力，这就是为什么设立恰当的后果是必要的。这一点在孩子的行为中表现得尤为明显。你可以告诉一个孩子一千次，炉子是热的，但他仍然会感到好奇，想要用手摸摸它。但要是他烫伤一次，他很可能再也不会去碰热炉子了。

与养育子女一样，设立后果是否成功在很大程度上取决于你的执行力如何。如果你真的想要在自己的人际关系中建立和执行健康的边界，那么你必须信守诺言，完成事情。一致性是最重要的，偶尔不予执行的边界模式最终会走向失败。

◢ 言行一致的好处

当玛丽亚和我完成了设立主动式边界策略的准备工作时，她已经开始与格斯分享一些特别的自我觉察了。格斯表现出真诚的兴趣和支持。由于玛丽亚以前从未直接要求他不再为她烤蛋糕或者预定意大利餐厅，因此格斯属于初次侵犯边界者。她甚至不需要表达自己对这些不喜欢的举动的感受。通过对混乱的边界模式以及自己所扮演角色的理解和掌控，玛丽亚感到自己的愤怒减少了，渴望得到理解的动力增加了。

在这次谈话之前的几周里，格斯似乎感到了妻子状态的变化。没人提过蛋糕和意大利面的事情。当谈话时刻马上到来之时，玛丽亚感到紧张但充满希望。

她的请求带来了一场漫长而治愈的谈话。她指出了他的改变回归举动，并理解他并非故意阻碍她。她能够展开这样的对话本身就是一个巨大的进步。玛丽亚向格斯分享了她对自己原生家庭的解读，以及她将食物等同于爱的习惯。与此同时，格斯为能够公开谈论他们从未交流却彼此默认的边界模式感到欣慰，并分享了自己的担忧——如果玛丽亚变得"太健康"，自己可能会失去她。他承诺会以她想要的具体方式来支持她的健康目标。

他们建立新的边界模式的过程并非一帆风顺。但玛丽亚发现，格斯确实有着很大的弹性，能和自己共同建立新的边界模式，自己无须单独准备自己的食物。受到玛丽亚成长的启发，在她开始踏上成为边界大师之旅大约一年后，格斯自己也开始进行心理咨询探索。玛丽亚的真诚、勇气和努力激励了她的丈夫。

主动式边界策略需要针对具体的关系来量身定制。关于有效的边界策略，确实没有普遍适用的解决方案。正如玛丽亚和格斯根据他们独特的亲密关系、愿望、生活经历建立了新的边界模式，你也可以这样做，一步一步地，运用你习得的边界技能和策略。接下来，所有事情对你来说都变得更加真实，这太棒了！

▶ 将掌控边界付诸实践 ◀

1. **保持觉察。**当你正在遭受边界侵犯时，观察自己当下的反应。你会忽略它、解决它、爆发愤怒，还是采取其他行动？带着好奇心观察自己，而不是评判自己。

2. **深入挖掘：真诚的沟通。**言行一致是边界大师的基本素养，对于人际关系中的规则改变者来说更是如此。请阅读本书末尾"深入挖掘"中的相关内容，了解一下哪些方面可能正在损害你说真话的能力。

BOUNDARY
BOSS

第 8 章

改变开始真实发生

　　那是 1997 年，我即将从纽约大学社会工作学院毕业。我一直勤奋地完善自己的边界技能，感觉马上就能成为边界大师了。事实上，我当时认为自己已经成为边界大师了。

　　我向朋友圈里的每个人明确表达了自己的喜好和愿望。当我没喝酒时，我选择不再分摊酒水费用；我巧妙地打破了一个闺密常常不请自来给出建议的习惯——"亲爱的珍妮，我真的只需要一个能够共情我的倾听者"。这使得我们的友谊更加深厚，更令人满意，同时也提高了我的自尊水平。

　　作为一名新手咨询师，我向来访者制定了主动式边界策略，明确阐述了我的咨询规则，包括付款方式和取消规则。我在初期就冷静地告诉来访者，如果不能赴约，需要提前 24 小时通知我，否则咨询费用不予退还。主动建立边界让我有能力提前做好准备，规避会损害我的（或来访者的、我的亲人的）利益的情况出现。

总的来说，我一直在吸取经验和教训，对按照自己的方式生活充满信心和希望。我骨子里是一个独立自主的人，你也许能够想象我有多么自由。

直到那一天，我再也没有自由的感觉了。

那天，我的心理咨询师给我布置了一项家庭作业，我的自主感瞬间消失了。当时，我突然清晰地看到了自己混乱边界的根源。这项作业就是，与我的父亲真诚交谈。

是时候让理论变成实际了。

前进两步，后退一步

在成为边界大师的旅程中，要做出改变的时刻常常出现，我在我的来访者和学生的身上一次又一次地看到这一点。他们一点一点地建立更为健康的边界，开始向客户、朋友、伴侣提出直接的请求。一旦开始做出改变，便再没有任何喜好或愿望细微到无法表达：喜欢吃千层面而不是汉堡；喜欢看《冰雪奇缘Ⅱ》而不是《虎胆龙威Ⅲ》；提前离开社交场合，而不是等到所有人都准备离开的那一刻，等等。慢慢地，他们的世界充满了掌控边界所带来的无限可能性。是啊，能够掌控边界真的很棒！

然后，他们遇到了一个难以逾越的阻碍，你也可以把它看成一堵墙。

这也很正常。除了你在第 6 章中所了解的过渡期之外，成为边界大师之旅的每一个新阶段都蕴含着自己的过渡期。我们向前迈两步，接着向后退一步。并不是每次你取得新进展时都会出现这种情况，但当它出现时（要知道，它一定会出现）你可能会感到失落。

真诚交谈

过渡期是成为边界大师之旅的一个阶段，在这个阶段，即使你一直在努力，也可能因建立新的边界模式而遇到突如其来的阻力。你可能会产生一种挫败感，但这并不意味着失败，坚持下去。

请不要将后退看作失败。你已经花了太多时间清理你的"心灵地下室"，不会想要再重复过去的生活方式的。"后退是康复的一部分"这句话常用于戒断成瘾行为的过程，它也适用于你的边界大师之旅。因此，当你初步取得进展却遇到阻碍时，不要放弃。

事实上，在面对你对其情感投入较少的人时，掌控边界相对容易一些。当你变得越发自信时，像是你的瑜伽老师或者路过的陌生人所说的话就不太可能激怒你。但是，当你开始与你相处最久的家庭成员建立新的边界模式时，你完全可以预料到，旧有的行为模式会出现。当你面临重大的考验时，你会感觉自己还是有很多问题。

对我来说，说明这一部分的最好方式是，从我自己深刻的个人经历出发。

当时，我即将从纽约大学社会工作学院毕业，我的"边界大师"身份似乎已经坐实，直到我不经意地向我的咨询师提到，我不打算邀请我的父亲来参加我的毕业典礼。

"我看不出邀请他来有什么意义。"我笃定地说。

我的咨询师问我："特里，为什么你觉得没有意义？"

正如我们已经知道的，旧习惯很难改掉。当她直接向我提出这个问题时，我眼睛都没眨就开口了："相信我，他不会来的，"我特地强调说，"他讨厌曼哈顿。"

事实是，她的问题让我感到不安（或者更确切地说，她的问题让我的内在小孩感到不安，显然，这个小孩仍然害怕遭受父亲的拒绝）。

**真诚
交谈**

　　内在小孩是我们的内心困在过去的那一部分，它仍然期待着得到自己童年时的那些反应和回应。

"好吧,"她说,她思考了一会儿,然后又说,"但是,不管他怎么想,你自己想要邀请他吗?"

我还是不假思索地回答:"当然了,他是我的父亲。"

在内心深处,我真心希望能和父亲分享我的这一重大成就。我做出了许多努力,克服了许多恐惧,才实现了这个重大的人生飞跃,我感到很自豪。随着毕业的临近,我也希望他能为我感到骄傲。

既然如此,那么重要的问题来了:为什么我没有让他参与到对我如此重要的人生事件中来呢?

我的咨询师看着我,说:"特里,真正的疗愈来自勇敢地追求自己真正想要的东西,而不管他人会怎么做。你邀请他是出于尊重自己的想法,而不是考虑他是否会接受。"

回想起这件事,我能够感受到,这对我来说是一个决定性的时刻。她的回答完全改变了我对边界的理解。我意识到,邀请父亲是我尊重自己、尊重真实的另一种方式,这并非为了掌控他的回应,而是为了鼓起勇气,在父亲面前展现成熟的自我。

在你应对最为艰难的边界挑战时,你也可以转变一下思维方式。通常,你会知道什么时候无法再保持沉默,你的内心能够感受得到。当你意识到你所说的、所做的一切都是关于你自己时,你达成目标的机会将大大增加。

打破高功能性依赖助成和边界混乱所带来的束缚需要勇气。你需要挖掘出勇气，因为你可能会遇到一些猛烈的边界轰炸。

■ 边界轰炸

当你在学习边界技能时，要警惕边界轰炸的出现，它是自我抛弃的一种形式，会摧毁你为建立、维护、执行健康边界所做出的最大努力。

经常出现的边界轰炸有：责怪—羞耻—内疚三重奏、边界模式的延迟效应、边界回撤、受害者—殉道者综合征。

边界轰炸会在你成为边界大师之旅的任何阶段出现，但随着改变一点点地真实发生，边界轰炸可能会变得越发猛烈。多多了解它们可以帮助你提防它们、做好准备。

边界轰炸 1：责怪—羞耻—内疚三重奏

责怪、羞耻、内疚——这些词有没有让你起一身鸡皮疙瘩？这些情绪状态都不会令人愉快。在你成为边界大师的旅程中，它们具有破坏性，会让事情变得更为复杂。它们会削弱你建立健康边界的能力。

责怪、羞耻、内疚是由恐惧所驱动的情绪，它们会引发我们的自我防御机制，侵蚀我们的自尊和自信。这些情绪非常常见，同时令人难以应对。我们不想惹上麻烦或受到惩罚，因此我们进行回避和争辩，而不是建设性地展开对话。但争辩并不能让我们怀着想要理解对方的意图来倾听对方。当你试图用你无懈可击的论点碾压他人的观点时，你怎么还能倾听对方呢？

坚持认为自己是对的，这看似让你免受责怪、羞耻、内疚的困扰，但实际上这只是在切断展开富有成效的对话的可能。另外，压抑这些不愉快的感受只会让你有时不得不提着一桶酒回到自己的"心灵地下室"。

真诚
交谈

当改变开始真实发生，你的边界模式变得不同时，感到恐惧可能是一件预料之中的事。重要的是要知道，你仍然可以选择真诚地表达自己。

责怪的出现通常源于对遭受评判的恐惧。当你责怪他人时，至少在你的心中，是他们在承担责任。当你习惯性地责怪自己时，你会先发制人，让他人先责怪你，这给人一种自己拥有控制权的错觉。

对遭受评判的恐惧可能揭示了羞耻感根深蒂固的存在，即一种认为自己天生就有问题的核心信念。羞耻（像嫉妒一样）令人如此不快，以至于你可能根本没有意识到它一直在你的"心灵地下室"里。如果不加以审视和疗愈，它将继续损害你的自尊和自我价值。

许多人对羞耻和内疚的区别感到困惑，对此我来说明一下：内疚的感受是，你做错了事；而羞耻的感受是，你，作为一个人，有问题。

羞耻通常源于童年的经历。尽管我们大多数人在童年时期都经历过当下感到非常羞耻的事情，但成年后持续的羞耻感通常源于早期经历中的虐待或忽视。羞耻感让人感到绝望，好像你天生就存在问题，无法解决。

事实上，健康的内疚感可以激励我们采取积极行动、进行自我纠正。它具有羞耻感所不具备的弥补能力。如果你感到内疚，你可以选择赔礼道歉、承担责任、对自己的行为负责，从而提升自我价值感。我们都会犯错，承认自己需要改正是一种解脱。

不健康、有毒的内疚则是另一回事。它与混乱的内在边界有关，比如对他人的感受或情况感到内疚，而你实际上无法控制他人的事情。这对于在混乱或功能失调的家庭中长大的孩子来说很常见，孩子可能觉得自己应该对一切事情负责。他可能会想，如果爸爸生气了，那一定是我的错，因此我是有问题的。可以想象，这些痛苦的童年经历往往深入人心，让我们一直处于"生存模式"之中[1]。这实在令人筋疲力尽。

审视自身：了解责怪—羞耻—内疚三重奏

当责怪、羞耻、内疚出现时，这实际上是一个治愈旧伤的好时机。正如医学专家（也是我的好朋友）劳拉·里吉奥常常说的，"痛苦是一条通道"。[2]

充分利用这个机会的关键是，首先要意识到自己正身陷责怪–羞耻–内疚的沼泽之中。考虑以下问题：

☐ 你是否发现自己正在担心完全超出自己控制范围的事情（尽管从各个角度来看，你都没有责任去解决正在发生的事情）？

☐ 消极的自我评价，"我是个坏人""我是个骗子""我很自私""我不值得被爱"等是否经常出现在你的脑海中？

☐ 你是否试图通过麻醉行为（食物、酒精、药物、性等）暂时摆脱令你不适的羞耻、责怪、内疚的感受？

这些都是需要留意的行为。它们都是机会，能帮助你觉察一直在消耗你能量的事情。保持好奇心，使用三阶段策略和三个问题来发掘你的痛苦来源——那些过去的经历。

羞耻感将我们与他人隔离开来。社会学家布芮尼·布朗（Brené Brown）主要研究羞耻感和脆弱性，她认为有三件事让羞耻在生活中占据了主导地位：保密、沉默、评判[3]。而解药是理解力和同理心，它们有助于建立联结、滋生勇气、培养同情心。一旦你觉察到自己的羞耻感、内疚感正在释放毒素，就把它写下来，或者与一位富有同情心的朋友讨论一下这件事，开始练习自我同理心。

边界轰炸 2：边界模式的延迟效应

据我观察，我的许多来访者内心深处都有一种信念——自己必须拿出一些本不想提供的东西，比如私密的个人信息，或者在第一次约会时就发生性行为。对刚认识的人暴露太多个人信息，或者只是因为对方请自己吃饭就过早地进行性行为，都可能让人在事后后悔。这种脆弱性也反映了个人边界的混乱。

何时进行身体上的亲密接触算是"太早"？这取决于你的个人喜好以及你想要怎样的体验。我的大多数女性来访者寻求心理帮助的原因，不是想要弄清楚如何采取一些行动，而是想要一种持续的情感联结。在关于性爱的问题上，一些女性可能在亲密关系建立几个月之后才开始尝试，而另一些女性可能过于关注对方的需求，以至于不知道自己的意愿如何——她们只知道自己想要避免遭受拒绝。

在暴露个人信息方面，需要个人的判断。比如，在我的一门在线课程中，一位女学员曾经问我，她需要在什么时候和男友说出自己曾经受到过侵犯这件事。这是一个很合理的问题，但从她邮件的字里行间所流露的焦虑中，我感觉到，她不仅仅是在问何时是一个恰当的时间。更有可能的是，她觉得自己已经有了污点，而男友有权知道这件事。我告诉她，不能这样思考这个问题。我建议她问一问自己，是否有必要向一个尚且有些陌生的人袒露自己的童年经历，要知道，对方也一定有一些不堪的经历。

对于那些时常感到羞耻的人来说，真诚坦白是他们的一种隐蔽策略，他们将事情公之于众，关系的破裂可能因此加速（他们在潜意识里期待这个结果）。如果事情要以糟糕的结局收场，你可能会希望事情早点儿结束，对吧？避免以后遭受拒绝可以帮助你保持"自己仍有所控制"这种幻觉。在早期的生活纷争或创伤性的生活情境中，你可能曾经感到无助，但现在你可以踩下刹车，这样你就不必（像你说的）暴露自己的恐惧。又见面了，次生收益。

真诚交谈

次生收益指的是维持或制造混乱情境隐藏的好处。

边界模式延迟效应的解药是自我暴露——在与他人分享你的身体、情感、经历和你自己等方面，拥有自己的洞察和深刻的思考。对于一些人来说，戒酒或适量饮酒可以帮助他们练习这一点。毕竟当好几杯烈酒下肚，你很难不谈论自己最近烦人的官司或者混乱的家庭关系。

在身体亲密方面，如果你一直在努力取悦他人，或者在成长过程中学会了将他人的需求和愿望置于自己之上，那么以真诚地表示同意（或明确地表示拒绝）的形式暴露自我显得尤为重要。这可能是一个痛苦的重复模式，因此当改变开始真实发生时，它可能会再次出现。

你无法改变自己的过去，但你可以做的是：接受这件事——你的童年创伤并非你的错。你不应该经历任何不好的事情。保持觉察，注意观察这些熟悉模式的出现方式，以便在当下和未来及时制止它们。你可以通过制定主动式边界策略（参见第 7 章的相关内容）来增强自己的判断力，管理自己的期望，抛弃那些与你的边界感不同的追求者（或任何人）。一次令人不舒服的简短谈话可以为你清理几周、几个月甚至一辈子的麻烦。你越多练习自我暴露，就越清楚自己能够做出什么选择。

边界轰炸 3：边界回撤

在你逐渐找到边界平衡的过程中，坚持你所明确建立的边界可能很困难。举个例子，你跟老板明确地表示，你需要加班费作为加班的补偿，无法在任何情况下都随叫随到。你的立场得到了法律和公司人力资源部门的支持，最重要的是，你确信自己可以采取具体措施来保护自己的时间、精力和自尊。

然而，当你表达自己的立场时，你可能立刻想要反悔。听起来似曾相识吗？这就是一个边界回撤的例子。是的，如果你不习惯表达自己，你可能对此感到害怕，这是可以理解的。然而，你要知道，成年的你并不害怕，不会为了维持表面的和平而毁掉自主、自我驱动的生活。但你的内在小孩会说："没关系，我不是那个意思。我还是可以加班的，不要加班费！"这种情况时常发生。

正如我们之前讨论的，当 5 岁的你开始发号施令时，你的边界能力就会受到影响。对内在小孩来说，诚实地面对恐惧绝对会让他觉得，自己在面临生死攸关的情境。但是，正如我们在第 5 章中提到的，现在不是过去；预期一定程度的不适感会帮助你在面对边界回撤时抵制冲动。

如果你在建立边界后感到焦虑不安，我建议你制定一个 48 小时规则。等待两天再撤回你的边界。一段时间之后，你很可能不再想要撤回它。

当你能够承受未知带来的不适时（这是看待这个问题的另一种方式），你可能会发现，自己身边的人实际上比自己想象中的要灵活得多。而且，你也没那么脆弱。你很可能发现，你的内在小孩对当下情境的悲观情绪是夸大的。在你了解这一点之后，你更容易承受最初的恐慌。（一种例外的情况：可怕的边界破坏者感知到你的矛盾心理，尽其所能削弱你本就不稳定的心态——我们将在下一章讨论这种情况。）

真诚交谈

在建立边界时，你无法得知对方如何回应。尽管如此，还是要勇敢地表达自我。

你总能感知到他人的不适、不满、抗拒，其实你可以选择关注自己的问题，而不是他人的问题。在你成为掌控边界的大师之后，你可能仍旧不喜欢展开一些艰难的对话。这是完全可以理解的。随着时间的推移，重复和一致性的情况不断出现，你的焦虑会逐渐减轻，边界回撤的冲动会逐渐消失。做出自认为正确的行动将成为你的新常态。通过重新审视自己与边界的关系——什么可以接受，什么不可以接受——你对边界回撤的渴望不再像之前一样主宰你。朋友，我们必须继续前进。

边界轰炸 4：受害者—殉道者综合征

当我们感到自己是受害者时，我们会感到无助，认为自己想要的东西并不重要，自己的行动也无法改变结果。殉道者思维是受害者思维的孪生兄弟，当我们陷入殉道者思维时，我们也会感到无力。这两者的不同之处在于，殉道者会更加记仇。我们会过度让步，不表达真实的自我，然后暗自怨恨，感觉别人都欠我们的。

在我准备邀请父亲参加我的毕业典礼时，受害者思维开始显现出来。我非常有主见，绝对不会认为自己是受害者，然而，我意识到，遭受父亲拒绝的感受确实让我陷入了类似的境地。我甚至都没有考虑过邀请他这件事，因为我心底里觉得他不会来。

**真诚
交谈**

边界轰炸是自我抛弃的一种形式，它会破坏你在建立、维护、实施健康边界方面所做出的最大努力。边界轰炸包括

责怪—羞耻—内疚三重奏、边界模式的延迟效应、边界回撤
和受害者—殉道者综合征。

我的咨询师帮助我认识到，我一直渴望成为深得父亲宠爱的
小女孩，常常听到温暖、鼓励的话语。然而，像"你是我的掌
上明珠"这样的话，以及拥抱和亲吻，并不是我父亲表达爱意
的方式。我的咨询师问我，能否通过父亲所能表达爱意的方式
感受到爱。我思考了一下——他为我支付了大学学费，给我买了
一辆二手车，每次在我开车离家时，他都会冲我大喊："系好安
全带！"

我突然意识到，我从未想过从爱的角度来看待他的这些尽责
行为。对我来说，这些行为更像是他在履行义务，而不是表达爱
意。只要一想到要让他以这种非常具体和明确的方式来爱我，我
就会感到失望和沮丧，进一步巩固他实际上并不爱我的信念。

当我们能够将注意力从"某人没有伴我左右"转移到他处
时，我们就能跳出自己的限制性思维，这创造了更多的可能性。
当然，我并不是建议你毫无保留地接受他人的赠予，而不表明自
己的需求、喜好、愿望、底线。我想说的是，并非所有事情都要
利益最大化。改变我对父亲的看法，帮助我消除了邀请他参加毕
业典礼所带来的无力感和恐惧感。

我和我的咨询师交谈得越多，我就越能意识到，在这种情况
下，我对自己所拥有的选择权的误解有多深。其实，我是有选择
的权利的。我最初的想法是，唯一有价值的结果就是父亲同意参

加我的毕业典礼。没有实现这个结果，我就无法得到我想要的。

我的咨询师引导我明白，实际上，仅仅被听到、被看到、被理解就有很大的价值。忘掉那些父女之间的边界问题吧。事实证明，我一直渴望的就是被听到、被看到、被理解。

如果你深陷受害者—殉道者综合征之中，你可能会倾向于维持现状（殉道者中心）或陷入无助（受害者中心）。然而，解决这两件事的方法是相同的——愿意从一个新的角度看待自己的生活和选择，并为自己采取行动。比如，我的父亲没有用我想要的方式表达他的爱，并不意味着他不爱我。

从更广阔的角度看待我们的人际关系和生活，让我们的人生旅程拥有无限可能。通过坦诚、提高自尊、对自己的需求负责，你可以成功地摆脱无助，获得力量，走向自主。

与他人坦诚地交流自己的愿望、喜好和底线

在我弄清楚所有会出现的边界轰炸之后，我的咨询师给我布置了一项家庭作业。在我例行每年一次去佛罗里达看望父亲的时候，我打算邀请他参加我的毕业典礼。事实上，如果没有这项家庭作业，我可能不会做这件事。这个明确的任务激活了我内心的成就渴望，此时失败对我来说不是一个选择。

我的咨询师向我做出的保证"疗愈存在于提出请求的过程"成了反复自我肯定的关键，直到我对其深信不疑。我知道我能够

对自己的言行负责，这真的让我如释重负。

我和父亲去逛了旧货市场，在沙滩上散步，还一边吃海鲜一边聊天。当他问我毕业后有什么打算的时候，我本可以提出我的请求，但我没有。尽管我完全相信"疗愈存在于提出请求的过程"，我仍然感到非常紧张。即使你做了万全的准备，制定了清晰的主动式边界策略，也不意味着你不会紧张。

直到他开车快要把我送到机场的时候，我已经满头大汗了。我必须向他提出请求，而且要尽快。如果我不这么做，我会对自己感到失望。我必须做出行动。

"爸爸，我有个问题想问你。"我说着，紧张地看向他的方向。

"嗯？"他说，眼睛紧盯着路面，"特尔[⊖]，什么事？"

"我给你留了一张我毕业典礼的入场票，不知道你能不能来？"

说出这句话后，我一下子松了一口气。

他沉默了一会儿，然后不好意思地说："我真的去不了。"

即使只是去一个周末，对他来说也太困难了。多年来，对于从新泽西州一路开到我大学所在的城市，他已经有了心理阴影。他讨厌混乱、拥挤、快节奏。

　⊖　"特尔"（Ter）是"特里"（Terri）的昵称。——编者注

我说："好吧，我理解。"

"我觉得很内疚。"他回答说。

此刻，我本可以分析他为什么会这样回应，这辈子我从未让他感到内疚。更重要的是，我确实理解他。

然而，我说："爸爸，别内疚。我完全能理解，这对你来说太困难了，但我想让你知道，在我的生命中，没有人能取代你。你是我唯一的父亲，保持联系对我来说很重要。"

当这句话从我嘴中说出时，我在想，我已经做了最艰难的事情，它让我更有勇气深入了解真实的自己。我感到如此自由。寡言少语的父亲并没有说太多话，但当我们拥抱道别时，他比平常多抱了我一会儿。

在隐藏真实的自己多年之后，我终于明白了问题所在。与人坦诚地交流自己的愿望、喜好和底线，不仅改变了我与他人的边界模式，还改变了我与自己之间的关系和感受——这改变了我的生活。

▪ 关于拒绝

正如我们所讨论的，尊重他人的边界至关重要。请不要过度分析他人建立边界的行为（他一定是不喜欢我，等等）。当我们在成为边界的大师的旅程中与人进行有效沟通时，我们是在用实际的话语来回答问题，而不是用自己最深的恐惧来填补空白。

　　我曾经收到过的最干净利落的拒绝来自我的朋友伊丽莎白。我曾经邀请她陪我去危地马拉度假。她回复说："那儿不适合我，我受不了危地马拉。那里太热了，我会变得很暴躁。"她诚实的回应令人耳目一新：清晰、直接、自信。在那封电子邮件中，我丝毫没有感觉到她担心自己的拒绝会伤害我的感情。我的情感现实和反应都不是她的责任，这就引出了一个很重要的问题。

　　当我们没有坦率地说出自己心中所想时，我们往往会无意识地给正在交往的人制造麻烦。如果你在提出拒绝时过分道歉、过多解释，你就无法传达清晰、直接、自信的信息。你所传达的信息是："我对我的拒绝感到非常内疚，我觉得我的拒绝会伤害你的感情，破坏我们之间的关系。"试图做个"好人"可能也会给对方增加负担，他们可能因此觉得必须安慰你。这绝不是边界大师会做出的行为。

　　和伊丽莎白在一起，我们俩都不用浪费时间展开无聊的对话。我回复她："哈哈，明白了，姐妹。"就这样。

　　当你能够干净利落地提出拒绝、接受拒绝时，你就能够腾出大量的时间和精力，关注自己真正想要接受和拥抱的事情。

审视自身：接受和尊重拒绝

对于高功能性依赖助成者、常常取悦他人的人、过度付出者来说，他人的拒绝或边界建立可能会带来遭受拒绝的感受。回答下面的问题，了解一下自己如何接受和尊重他人的拒绝：

□ 当有人拒绝你的请求或提议时，你会感到受伤、遭受拒绝、生气吗？

□ 如果你给出的建议遭受忽视，你会感到恼火或沮丧吗？

□ 你会使用肢体语言（转移视线、沉重叹气等）或简短的回答（"好吧，抱歉打扰你了"）来间接表达自己的伤心或沮丧吗？

你的回答将提供有价值的信息，告诉你应该将注意力集中在何处。要知道，真正的边界大师总是在追求进步而非追求完美。学会接受拒绝，尊重他人的边界和喜好，是迈向成为边界大师的又一步。

清醒地审视自己过去的行为

对很多人来说，改变开始真实发生的最后，也是最痛苦的部分是：允许自己悼念过去。成为一个自主的人会激发一些强烈的情感。我的一位来访者乔丹讲述了自己的故事——多年来，她屈从于母亲的愿望和喜好，后来终于向母亲说出真相。乔丹一直将母亲的需求放在首位，她常常去看望母亲，全力筹备母亲的生日宴会，几乎随时做好准备为母亲提供帮助。在我们的咨询过程中，她与多年积累的怨恨达成了和解，找到了自己的声音。

乔丹告诉她的母亲，她希望在她们的关系中，双方的需求都能被看到，她的母亲最终同意了。从那一刻起，她们的关系开始蓬勃发展，母亲开始在默认乔丹会把所有的时间都留给她之前，先询问她的感受。

然而，在乔丹说出自己的想法之后，她回到家大哭了一场，这让她很惊讶。当我们在咨询过程中分析她的悲痛时，她说她是在悼念那么多年的自我抛弃，她曾经一直相信，如果能把足够多的自己奉献给母亲，她就会收获自我价值感。

说真的，在这段旅程中，你可能会产生类似的感受。你可能会开始悼念所有曾经为了让他人快乐和满意而付出巨大努力的事情。这是变得真实和完全接纳自己的重要一步。

因此不要让任何人（包括你自己）"过度正面"地影响你，令你无法尊重这个非常重要的情感过程。清醒地审视自己过去那些"本应该"的行为，这是一条通往自主的坚定道路。这些行为有很多形式：你应该早点儿结束的关系（或者根本不应开始的关系）；你应该更少容忍的离谱行为；令你事后后悔的基于恐惧的反应。时间确实是我们最珍贵的财富，允许自己为曾经错过的机会而感到悲伤，这是有道理的。尊重你的真实感受和过去经历是一种强大的自我关怀行为，这是学习掌控边界的必要练习。

我们还需要悼念我们曾经渴望却从未真正拥有的童年。（小贴士：本书末尾"深入挖掘"中的相关内容能够对你有所帮助。）

就像我曾经希望有一个不同的父亲一样，你可能也希望自己的父母更上进、更有能力。但是，优先考虑自己的感受，真正照顾好自己，现在可以成为一种纠正性的情感体验。把这看作一个重新养育自己的机会，为自己提供自始至终的关爱和鼓励。本质上，这让我们成为我们不曾拥有的、提供关怀和陪伴的好父母。

无论你现在遇到什么问题，都要允许自己的感受自然地存在。这样，你的情绪就不会被困住（要知道，你刚刚清理了你的"心灵地下室"）。悼念需要大量的自我同情，这是一种面向内在的爱与关怀的思维方式。想想看：如果你最好的朋友遇到了困难，你会让她硬挺过去吗？还是说她的感受不重要？（我希望你没有这么做。）我敢打赌，你更可能希望在她陷入情感沼泽时拉她一把。

自我同情就是拉自己一把。

我很欣赏一位心理学家，克里斯汀·内夫（Kristin Neff），她是静观自我关怀中心（Center for Mindful Self-Compassion）的联合创始人。她曾经做过这样的对比："自我批评问的是你是否足够好，而自我同情问的是'什么对你有好处'。"[4] 当你反思和想要放下自己那些边界灾难的时候，你可能需要多活动活动身体，吃些有营养的食物，泡个热水澡，接触一下有益身心疗愈的事情。

就我而言，邀请我父亲参加我的毕业典礼让我产生了强烈的情绪。通过坚定地做出决定——欣赏他表达爱的方式，我为真正的他腾出了空间。通过给自己留出充分的感受空间，我得以认识到，我的恐惧是夸大的（一个孩子的恐惧），并且放下了关于我父亲、我自己和我的价值观的限制性信念。这为我开辟了一条道路，让我能够以尊重自己真实喜好和感受的方式做出回应，创造了与父亲加深联结的可能性（三阶段策略：识别—释放—回应）。

**真诚
交谈**

　　真正的疗愈来自勇敢地追求自己真正想要的东西，而不管他人会怎么做。

　　在改变开始真实发生之前，我甚至不允许自己幻想如何改善我们的关系。不知为何，我觉得毕业之后成为一名心理咨询师，也标志着我进入了一个拥有更为健康的内在边界的新篇章。

　　我内在的努力产生了深远的外在效益。我的父亲开始以我从未预料到的方式多方支持我。他开始给我寄表达他甜蜜心意的贺卡，不为什么特别的原因，虽然通常贺卡上只是潦草地写着"爱你的爸爸"。我至今还记得收到的第一张贺卡，他以前从未无缘无故给我寄过贺卡，因此当我一看到信封时，还以为里面是一篇关于我应该将多少钱存入保险账户的小作文。我们还约好了每周日晚上通电话，虽然大部分时间都是我在说他在听，但这仍然是我以前无法想象的高质量陪伴时间。

我珍视他笨拙而甜蜜的爱与关怀的举动。我没有得到我自以为需要的那种父爱，但我得到的更加真实、美好，这一切都是因为我愿意付出努力，一直坚持在路上，即使这个过程让我在佛罗里达出了一身冷汗。父亲在 6 个月后去世了，我更加庆幸自己早一点儿提出了请求，并告诉了他，他对我来说多么重要。我们在佛罗里达度过的时光竟然成了最后的时光。感恩，无悔。

这也是我对你的期望：坚持下去，付出努力，对自己有绝对的信心。是的，改变会真实发生（在某些情况下，可能显得格外真实）。我希望你能够意识到，那些时刻是多么宝贵的成为边界大师的机会。

你只需要付出努力。

你值得被爱。

▶ 将掌控边界付诸实践 ◀

1. **保持觉察**。留意那些关怀自己内在小孩的机会。进行这个简单而有效的练习：找一张自己小时候的照片，把它放在一个自己经常看到的地方（比如设为手机壁纸）。每次看到这张照片时，练习对可爱的你和你小时候所经历的一切表示同情。放下评判。用纯粹的爱照耀自己。那个孩子就是你，她是完美的，她值得你表达爱与同情。

2. **深入挖掘：悼念过去**。要想为我们所创造的事物腾出空间，我们必须尊重并放下自己长久以来的遗憾。为了踏上健康的前进道路，你可以阅读本书末尾"深入挖掘"中的相关内容，进行一次"悼念过去"练习。

第 9 章

摆脱边界破坏者

多年前，当我第一次在我的咨询室见到贾思敏时，她身上有着一种宁静而平和的气质，让我印象深刻。她仿佛顶着天使的光环，然而那时我一点儿也不知道，贾思敏正身处人间炼狱。

当我问她为何来找我进行心理咨询时，她毫不犹豫地告诉了我她的家庭情况。她的父母都是极度自我中心的人，母亲是个工作狂，父亲则自顾不暇——他把所有的心理资源都花在了哄母亲开心上。父母都没有太多时间和精力关心贾思敏，她从小就学会了维护家庭的"完美"形象，不要搅起任何风波。贾思敏如此坦诚地分享了这些信息，给我留下了深刻的印象。她直率、真诚、敏锐，而且显然已经做了心理健康方面的功课。然而，她对自己的人生回顾中却没有提到为何此刻坐在我的咨询室。我温和地问道："你为何现在寻求帮助？"

贾思敏的脸上阴云密布，她叹了口气，说："我陷入了一段虐待性的亲密关系。我和男朋友住在一起，每一天都像是一场噩梦。"

贾思敏接着描述了她与汤姆之间的关系。3 年前，她在健身房认识了汤姆，当时汤姆是贾思敏的私人教练。汤姆风趣、迷人，最重要的是，他很讨人喜欢。他对贾思敏的训练非常上心，给她留下了好印象。最后，她答应和他约会。不久之后，他对贾思敏说她就是自己理想中的另一半，开始谈论起结婚的事。贾思敏高兴极了，但偶尔也会有疑虑：汤姆是不是好得有点儿不真实？

这个想法让她非常紧张，但贾思敏还是义无反顾地投入了自己的情感。不到三个月，他们就同居了。

搬进贾思敏住的地方之后，汤姆对贾思敏的关心就越来越少了，开始表现得暧昧不明。他经常熬夜，当贾思敏走到客厅想看一看他在干什么的时候，他就会随手关上电脑。尽管她的直觉告诉她一定有什么事，但贾思敏还是不断告诉自己，一切都好。

后来，汤姆开始变得吹毛求疵，尤其是在贾思敏的饮食选择方面。他还偷看她的手机，说她所有朋友的坏话，当她和其他人待在一起时，他会嫉妒。为了让汤姆高兴，贾思敏觉得自己得疏远所有亲人和朋友。到了贾思敏来找我进行心理咨询的时候，汤姆的控制行为已经发展到了身体暴力的程度。如果她敢和他争论，他就会把她推到墙上或者摔到地上。更糟糕的是，在外人看来，汤姆是个完美的伴侣。谁会相信贾思敏所说的呢？

她说："我受够了等待幸福时光重新降临的状态了，我等不到的。"

汤姆听起来像是一个"边界破坏者"，这是一种特殊的人格类型，表现为没有能力（或者没有愿望）尊重他人。了解到他对贾思敏施加了暴力之后，我向贾思敏做出了明确的回应。

"整个纽约会有很多心理咨询师建议你离开这个男人，在帮助你离开男友的过程中不断向你收取咨询费。我不想这样做。如果你做好了准备，想要制订一个坚定的计划，将自己从这种虐待性关系中安全地解救出来，那么我可以帮助你，"我说，"如果你没有做好这种准备，我很乐意为你推荐其他咨询师。"

贾思敏点了点头："我现在准备好了。"

我们的旅程开始了。

当正常的规则不适用时

你是否曾遇到这样的人，他们完全没有倾听和考虑你的喜好、想法、感受的能力？让我来介绍一下我所说的"边界破坏者"。对于拥有这种难以相处的人格类型的人来说，无论你如何清晰地做出强调，他们都无法理解你的健康边界。

对于边界破坏者来说，"让步"是一个难听的词。他们常常无视他人的边界，无论是有意识还是无意识，公开还是隐蔽，部分原因是他们觉得自己能够跨越边界（在某些情况下，甚至能够跨越法律）。这些人自认为有权获得你的时间、关爱、关注，而不关心自己是否要有所付出。

边界破坏者具有喜欢争论、容易激动、极度敏感、自我中心的特点。他们的人格特点可以归入 B 类人格类型，包括自恋型、反社会型、表演型、边缘型人格障碍。我们并非要诊断你身边的边界破坏者或者其他任何人。（要确定某人是否具有这些人格障碍，需要专业人士对其进行面对面评估，这不是我们此行的目的。）重要的是，你要学会觉察这些极具挑战性的人格的常见行为，并评估自己目前能够如何与其相处。边界破坏者倾向于做出掠夺性行为，来确保你帮助他们维持现状，因此知识绝对是力量。请注意：你的个人安全必须是你的首要关注点。如果你身边的边界破坏者具有暴力史，或者对你的健康幸福表现出冷漠无情的态度，那么你要特别注意。如果你担心自己的安全，请寻求专业支持和指导。由于边界破坏者可能完全不考虑你的利益，因此你必须对保护自己的利益和福祉格外警惕。

真诚交谈

边界破坏者常常无视你的边界，因为他们自以为有权获得你的时间、关爱、关注。他们最关心的是自己的需求，而不是你的需求。

试图与边界破坏者建立边界可能令人沮丧而困惑。对初次触犯边界者与屡次侵犯边界者有效的主动式边界策略，对付边界破坏者效果较差，因为正常的交流规则不再适用。试图与一个边界破坏者（无论是家人、同事、伴侣、前任，还是朋友）讲道理可能令人抓狂。

边界破坏者往往只关心自己和自己的规划，过度的自我中心使他们缺乏同情心和同理心。他人是否有价值取决于是否与他的世界观相符。他们觉得自己对世界的看法才是唯一的真理。

以下是关于边界破坏者的行为的一些例子：

- 一位没有安全感的伴侣。他会在你有重要工作报告的前一晚（或者当你的注意力没能集中在他身上的任何时候）没来由地挑起争端，如果你跟他说先完成自己的工作报告再讨论他的问题，他就会说你自私，然后怒气冲冲地跑开。
- 一位专横的母亲。她会经常与你做比较，你的成功会威胁到她，她想要将你的成就占为己有。
- 一位在派对上举止轻浮的伴侣。即使你已经亲眼看到他把电话号码留给了一个女生，他也坚决否认自己的行为不当（在他看来，你在用你的"无理取闹"威胁他）。
- 一位每月虚报开支的同事。他为自己的行为辩解，说自己理应并有权得到这笔（实际上是他偷来的）钱，

　　　　因为自己的工资太低了，自己的工作也不受重视。

- 一位难以相处的老板，他总是无视你的要求，经常在周末给你发电子邮件，在你度假、休息、病假期间不停地给你发短信。

　　我的许多来访者和学生都倾向于用理性思考的方式解释边界破坏者的行为，这使得他们更加容易忽视边界破坏者所说的和实际所做的事情之间存在巨大脱节。请注意：边界破坏者的行动总是比他们的语言更能说明问题。

不要成为边界破坏者操纵的目标

　　在我们深入探讨边界破坏者绕过边界的狡猾手段之前，我想指出一件重要的事情：如果你是一位高功能性依赖助成者或者一个高度敏感的人，那么你特别容易落入边界破坏者的陷阱。虽然无论你是否在边界破坏者型父母的抚养下长大，成年后你都有可能与他们发生各种冲突，但是在一个优先考虑父母需求（以牺牲孩子的幸福为代价）的家庭中长大，会让你成年后更有可能遇到边界破坏者（并且"受尽折磨"），直到你能够疗愈自己的原始创伤。无论你的成长环境如何，你唯一能够控制的就是自己的行为。了解为什么自己会成为边界破坏者的完美目标，是走出有毒关系的关键。

　　特别是，如果你具有讨好型人格，那么你会自然地倾向于关注他人的需求和期望。而边界破坏者远远地就能嗅到你的敏感，并试图利用你的敏感为自己谋取利益。

在我的咨询室中，我经常看到这种现象——一位聪明而高度富有同理心的来访者陷入与边界破坏者的破坏性关系中。重要的是，你需要明白，边界破坏者和你不同。他们之中的许多人缺乏同理心（尽管有些人假装得不错），有些人甚至没有良心。由于边界破坏者相信"目的"能够将那些狡猾的"手段"合理化，因此他们会采用诸如爱情轰炸、煤气灯效应、情感操纵、过度内疚、说谎等控制策略。

如果你是一个高功能性依赖助成者或共情者，也许你很难理解没有良心、没有同情心的感受，他们不关心他人是否痛苦或正在受苦，甚至不考虑自己的行为可能会对他人产生怎样的影响。你的真诚善良正是边界破坏者所期望利用的。（小贴士：高功能性依赖助成者通常也属于高度敏感人群，他们拥有敏锐的神经系统，对周围人细微的情绪变化都非常敏感，在有过多刺激的环境中常常感到不知所措。）

如果你成为边界破坏者操纵的目标，你可能会感到愤怒、困惑、悲伤。由于你容易过度投入，因此你可能给予边界破坏者很多，最终却只得到一个直接（或间接）的信息：你做得还远远不够。于是你继续试图填满这个无底洞。但你永远无法成功，因此你开始相信自己不够好。要听一听实话吗？对于边界破坏者来说，你做得永远都不够好，这件事实际上与你无关。

⊖ 一种心理操纵手段。——译者注

真诚
交谈

> 许多边界破坏者都缺乏同理心（尽管有些人假装得不错），有些甚至没有良心。

如果你正在与边界破坏者做斗争，你首先要明确自己面对的问题是什么，然后制订行动计划。这一点非常重要，如果你们已经结婚，共同拥有孩子、财产、事业，情况就更是如此。如果你对这种控制欲和报复心都很强的人冲动行事，代价可能很高。一旦你能够觉察他们的狡猾手段，了解自己的边界底线在哪儿，你就能处于更有利的位置，充满谋略地采取行动，获得成功。

边界破坏者的心理操纵策略

边界破坏者都是心理操纵大师，他们会建立一系列规则，期望所有人都按照这些规则行事。边界破坏者可以使用的操纵手段有很多，以下是他们常用的三种最为狡猾的策略。

■ 反转局面

边界破坏者擅长将注意力从自己身上、自己的狡猾行为上转移。如果你提出一个非常合理的请求，比如："我不想在外面待到晚上 10 点，因为我感觉不太舒服，需要休息一下。"边界破坏者可能会做出一副像是你刚扇了他一巴掌的样子：你怎么敢这样做！这种反应是精心设计过的，就是为了让你改变主意。你要是表达自己的需求、愿望，甚至底线，就很可能会激怒他。

另一种反转局面的方法是假装关心你，特别是在你指责他们的狡猾行为时。比如，他在外面待到很晚不回家，也不打电话通知你，当你对此感到不满时，他会对你说："你知道吗，我真的很担心你。你最近似乎特别敏感，是不是出了什么事？"这种方法纯粹是为了让你怀疑自己，同时让你不再关注他究竟做了什么。

还有一种变体是，在你提出一个简单的问题时对你发火，或者把你做的事情无限夸大。如果边界破坏者在背地里做了什么坏事，他会想办法让你感到煎熬，试图激起你的防御机制，将任何可能对他们产生负面影响的注意力转移。比如，我的一位来访者告诉她的新伴侣，她对他充满回避的沟通方式感到困扰（在恋爱之初的几周，他一直是个稳定而可靠的人）。她的坦诚促使他开始反击："好吧，我真不敢相信，你之前居然没有亲口对我说这件事。我也觉得跟你不够亲近了，你知道吗，上周三晚上是你先睡着了，不是我！"他竭尽全力让她怀疑自己，尽管她的感受是自然合理的。（毫无意外，事实证明他真的是个爱说谎的人。在这次交流之后不久，她就和他分手了。）

边界破坏者可能会吹毛求疵，或者完全曲解你的意思。比如："我可从没同意过，要在和我的家人制订计划之前跟你讨论假期计划，我只说过会跟你讨论假期计划。"或者他可能会请你帮一个小忙，然后再让你做更复杂的事情，坚称你之前已经答应他了，而实际上你根本没有做出过承诺。有些人可能会摆出一个具有更高风险的情况（实际上无关紧要，但可以成功转移注意力，并让你进入防御状态）来否定你的感受。比如，你不喜欢你的伴侣深夜接听已婚前任的电话，当你表达自己的想法时，你的伴侣说："真不敢相信，她得了癌症。"但是，实际上，她的癌症（如果她确实得了癌症）和你并没有直接的关系。和你有关的是你对伴侣深夜接听前任电话的感受。

■ 煤气灯效应

煤气灯效应是一种极具破坏力的心理操纵手段，操纵者（边界破坏者）通过这种手段在目标个体心中播下怀疑的种子，以便在关系中对其进行控制。在煤气灯效应的作用下，边界破坏者利用持续的否认、误导、矛盾和谎言来让你质疑自己的记忆、感知、理智。如果亲近的人长期向你施加煤气灯效应，你可能常常会感到自己要疯掉了。比如，当你还是个孩子的时候，你目睹了父母之间激烈而可怕的争吵——扔碗摔盘子，两个人像在打仗一样大吵大闹——但当你事后问妈妈他们为什么争吵时，她说道："哦，亲爱的，我们没有吵架。你的想象力可真丰富。"

煤气灯效应的核心是使你的信念失去合理性，让你质疑自己眼中的现实。这涉及不断控制叙事，也就是否定、否认你的生活经历。对方会跟你说，你太多愁善感了、太脆弱了。你会开始质疑自己是不是真的太过敏感，也许只有自己是这样的。

煤气灯效应受害者的主要特征包括：极度小心翼翼，以免惹恼伴侣、母亲或老板；感到有必要向朋友和家人隐瞒事情的真相；经常道歉；觉得自己什么事都做不好；可能还会觉得精疲力尽，自己平时的活力不见了。

当你亲近的人试图控制你眼中的现实时，你怎能不失去快乐呢？受人操纵确实让人感觉糟糕，充满活力的自我感是建立在自信的基础之上的，它与一个人的内在认知联系紧密。这是你与生俱来的权利。你知道谁不在乎这些吗？那个对你实施煤气灯效应的人不在乎。

起初，你可能会感到震惊，比如：这是我自己瞎编的吗？我是不是疯了？一开始，这种行为模式还没有形成，因此尽管你可能觉得它很奇怪，但它还不算是一个大问题。随着时间的推移，你会开始变得非常具有防御性。"我没有说过那个！""你答应过，我是下一个升职的人！"你会开始具有一种要维护自己的强烈需求，即使是在一些小事上，比如是否曾经同意参加烧烤聚会（你真的没有同意过）。然而，熟练的边界破坏者总有办法让你让步。他们对你所有的羞耻感按钮了如指掌，知道如何按动它们，来让你保持沉默和顺从。

▪ 爱情轰炸

爱情轰炸是自恋者常用的另一个策略。他们对目标对象奉承恭维，满足他们的自尊心和对永恒真爱的幻想，直到确保受害者上钩。到了这时候，边界破坏者开始变得非常挑剔、不满和敌对。最后，他们的态度由鄙视转变为彻底的拒绝，并抛弃了你。这种虐待性的自恋循环分三个阶段：理想化，贬低，抛弃。

要知道，在这种虐待性循环的第一阶段，边界破坏者的过度关注是由他们（有意识地或无意识地）想要完全控制你的愿望所驱动的。成为爱情轰炸的受害者可能让人非常沉醉和不知所措，毕竟你曾经梦想在自己的现实生活中能发生这种浪漫盛举。爱情轰炸也可能出现在其他情境中，比如友谊或职业场景中。受害者往往会责怪自己：如果我当时没有犯下那个致命的错误，我本可以和以前一样受到高度尊重的。

当爱情轰炸手（最高级别的边界破坏者）感觉到你已经到了崩溃的边缘时，奉承和关注会重新出现。他们所付出的刚刚好够你重燃希望。

这绝对是贾思敏的经历。每当她忍无可忍时，汤姆就会变得贴心一段时间，重新点燃她的希望。她以为，如果她付出更多，保持足够苗条的身材，她就能再次赢得他的欢心。这就像是瘾君子为了追求最初的快感而放弃其他的一切一样。我已经无数次见过这种虐待性循环，而结局总是非常糟糕。

■ 其他操纵策略

除了反转局面、煤气灯效应和爱情轰炸，边界破坏者还使用以下方法来达成自己的目的——完全控制你。

否定你的感受。有位来访者曾经告诉我，每当她感到难过时，她的丈夫都会带着敌意说："我不会因为你哭就对你感到抱歉。"这是怎么回事？她正在感受自己的情绪（并没有要求得到他的同情），但他的回应传达出，她违反了他的一个不成文的规定：你不许生气。

沿着这个思路，一位试图无效化你的情绪的伴侣可能会说："你真的很幸运，我如此敏锐，很少有人能受得了你啊。"

金钱。许多边界破坏者将金钱视为一种隐性的控制手段，他们会通过送礼物或提供经济支持来让你依赖他们。如果你在经济上依赖边界破坏者，你可能会更容易接受他们的虐待，因为你会担心在没有他们的情况下如何维持自己的基本生存。

表演。一些边界破坏者会表现出无助的模样，来欺骗你满足他们的愿望。比如，一位自恋的母亲可能表现得非常痛苦，来获得女儿的同情。一位觉察到你弱点的伴侣可能表现出遭受拒绝和沮丧的样子，来让你同意他的想法和计划。

愤怒。一些边界破坏者会利用敌意来消磨你，他们会朝你大喊大叫，还会对你冷眼相待。你可能会感到非常疲惫，以至于忽略了他们的行为是恶劣的、错误的。当他们感觉到你筋疲力尽时，他们就会改变策略，表现爱意。如此一来，你因为不再是他们愤怒的对象而松了一口气，更有可能同意他们的观点，而没有意识到他们刚刚把你玩弄于股掌之间。

真诚
交谈

与边界破坏者打交道时，正常的交往规则根本不适用。

同侪压力。 一些边界破坏者利用同侪压力来说服目标对象，让他们屈服于自己的计划。比如，一位来访者告诉她的新伴侣，她想三个月之后再发生性关系。在他们下一次约会时，他对她说，女性平均在约会三次半之后就会发生性关系。他不仅试图利用同侪压力让她做一些她明确表示还没有准备好的事情（"正常女性在这个时间段内就会这样做"），而且他还研究了这个话题，并试图用实证数据来说服她。

没那么明显的同侪压力听起来像是，"我所有的家人都同意我的观点"或者"你知道吗？上次鲍勃说你自私的时候，我还一直在反驳他，但现在我开始觉得他是对的了"。之后，你就会开始专注于鲍勃的恶意中伤，而无法意识到你的伴侣正在用侮辱你的方式来控制你。

▪ 观察他们的行为

如果你正在与这种以自我为中心的人纠缠，那么你所能做的最重要的一件事就是经常观察他们的行为。不要掉以轻心、顺其自然。尽早觉察他们的行为模式，从他们应对挑战的反应中获得有用的信息。他们是否会坐下来说："哦，天哪！我没有意识到我在做那件事。快多跟我说一说，我想要了解你的感受，你对我很重要。"如果你正在与一个边界破坏者相处，那么这种情况不会发生，但如果确实发生了，你会在接下来的一两天里了解到他的真实感受——他要么重复做出声称之前并没意识到的冒犯行为，要么嘲笑你过于敏感，或者干脆抛弃你。

在已经建立的关系中，一旦你习惯了这种动力，不管它实际上多么混乱，你都很难清楚地了解和确定自己为何感到如此沮丧。如果你的老板、恋人、母亲，或者其他人为自己的不当行为道歉，那么情况会好一些，但最重要的是，要留意他们行为上的改变。言语是边界破坏者手中的武器，如果你不想遭受威胁，就观察他们的行动是否与他们的言语一致。俗话说，最好的道歉是改变行为，对于屡次侵犯边界者来说，这尤其正确，并且，在这种情况下，我还要把这句话修改为"唯一重要的道歉就是改变行为"。没有改变行为的道歉只是他们操纵手段的延续。如果我们接受某人的道歉，而他继续侵犯我们的边界，我们就在与其最低级的残存天性纠缠，这真的太糟糕了。

与边界破坏者保持距离

贾思敏已经在糟糕的生活中沉默了太久。在走进我的咨询室之前，她鼓起勇气告诉了她最好的朋友，自己到底经历了什么。打破沉默是结束她与汤姆之间虐待性关系的开始，也促使了她寻求心理帮助，她需要专业的指导来规划自己的安全逃离方案，这就是她来向我寻求帮助的原因。

在咨询中，贾思敏发现，父母对自己的忽视与自己现在的亲密关系之间存在联系。她的母亲非常自恋，是一个彻彻底底的边界破坏者。如果贾思敏没有达到母亲的标准，母亲就会责怪贾思敏，并揪着她的外表和着装不放。比如，她在周日参加聚会时穿的裙子合适吗？母亲对贾思敏的情感体验毫不关心，但她非常努力地塑造一个完美而令人羡慕的家庭形象。

由一个自恋的母亲抚养长大，对贾思敏的自我身份认同和自尊产生了负面影响。她无法拒绝母亲，也无法坚持自己的个性。贾思敏在这样的成长过程中学习到，要想得到爱，就要忍受一些不良行为，依从他人的愿望和要求。

我要向所有像贾思敏一样，由自恋、以自我为中心、刻薄的母亲抚养长大的女性表达致意。这是边界破坏者所施加的一种非常具体和痛苦的虐待。无法得到母亲所给予的抚慰人心的亲密支持是非常孤独的，在我们所生活的这个歌颂母亲之伟大的社会中，这种情况更为突出。有许多陷入这种情况的女儿都在与抑郁、焦虑做斗争，其中大多数都感到自己很孤独，并且羞于承认母亲不爱自己。

如果你由这种母亲抚养长大，我能够理解你的痛苦，对你和你的经历感到同情。你母亲的功能失调以及对你做出的不当行为不应该由你负责。你本不该受到她的任何心理操纵、侮辱、虐待。与所有边界破坏者一样，对于自恋或不爱孩子的母亲来说，无论孩子做了什么，她永远不会感到满意。她与一个健康的家长角色相去甚远，健康的家长会给孩子自由，让孩子做出自己的选择，将孩子视为一个独立的个体。

对于贾思敏来说，在制订逃跑计划时远离母亲的干扰是很重要的。一直保持觉察，减少与母亲的接触才是最为实际的举措。

如果你恰好拥有边界破坏者型的父母，与其保持距离可以帮助你在生活的各个方面保持清醒，拥有能量来展开行动，追求自己的目标和幸福。如果你需要自己的空间，那就与其保持距离。

降低边界破坏者对你的伤害

对于非边界破坏者来说，建立健康的边界是保护自己和人际关系的一种有效方法。然而，对于边界破坏者来说，情况就没那么简单了。

在一段存在虐待的动力关系中常见的是，你不禁承担起分外的责任。你可能会责怪自己——忽视了自己的身体智慧，没有注意到胃部痉挛、胸口紧张的迹象。当你反思时，你要知道，对方的魅力攻势是控制和操纵这一更深远战略的一部分。你不用自责，只需要对自己的行为负责，而不要对他人的行为负责。

对贾思敏来说，她意识到，即使自己尽最大的努力也无法改变汤姆，这种认识是她在遭受身体暴力之后才真正形成的。即使你的边界破坏者没有碰你一根头发，你也要知道，情感暴力和语言暴力是极具破坏性的。如果你极度敏感的话，情况就更是如此，你迟早会像贾思敏一样跌入谷底。当然了，每个人的底线都不同，你会做出怎样的行动完全取决于你自己。由于边界破坏者不会考虑你的利益，因此你必须格外警惕，保护自己的利益和安全。

要摆脱边界破坏者的操纵，你需要清楚这样一个事实：企图控制你的操纵行为是不可以接受的。当有人对你的观点、直觉、自主权发起隐蔽的攻击时，你可能发现，此时信任自己成了一项艰巨的任务，但这是可以做到的。给自己留出空间，培养和加强对自己直觉的信任。如果你的身体某处感觉不适、疼痛、紧张，那是你的身体智慧在提醒你："注意，有点儿不对劲。"

真诚交谈

真正的边界破坏者不太可能发生重大改变，你最好接受这个事实。你可以使用本章提供的策略来保护自己免受毒害，尤其是在你感到不安全的时候。

正念冥想将帮助你抵达内心的宁静，为你补充能量。特别是在紧张的情况下，自我关怀真的很重要。你永远都可以整理思绪，暂时不与人交谈。深呼吸能够让你回到自己的内心。定期使用三阶段策略（识别—释放—回应）能够帮助你增强觉察，这样当有人试图操纵你时，你就有足够的反应时间来让自己的智慧和真理引导自己做出行动。你的直觉往往坚如磐石。

接受是关键。你永远无法打败一个边界破坏者。即使你有世界上最强大的论证思维，边界破坏者也不会承认你所说的真相。说服他们认同你的观点是一件吃力不讨好、白白耗费精力的事情。认清这一点之后，开始尽全力拯救你唯一能拯救的生命——你自己吧。

边界破坏者之所以使用这些卑鄙的手段，是因为他们大多拥有极度脆弱的自我意识和深深的自我厌恶感。很可能，他们担心在你变得更加自信之后，你就会离开他们。但这不是你的马戏团，那些猴子也不归你管理——他们的不安全感完全应该由自己负责。不要再为了安抚他们的内心创伤而改变自己的选择。你无法拯救他们糟糕的童年。然而，你可以做出有意识的选择，来维系自己的幸福、安全和力量。

贾思敏非常清楚自己的首要目标：摆脱汤姆的控制。她打算搬出去住，再也不和汤姆联系。为此，她和我一起制订了一个周密的计划，贾思敏打算在汤姆出差时搬出去。和她的母亲一样，汤姆也有扮演受害者的倾向。因此，她还必须在心理上和情感上做好准备——在与他们共同朋友的争论中战败。

试图说服边界破坏者是毫无意义的，同样，浪费你宝贵的时间和精力去说服他人接受你的观点是徒劳的。那些了解你真实情况的人不会怀疑你和你的意图，而其他人可能会站在边界破坏者的一边，但就像贾思敏一样，你必须放下对他们想法的在意。

如果你正在与一个虐待性的边界破坏者交往，离开他、与他断绝联系或者两者同时进行是理想的选择。如果你的父母是边界破坏者，这可能会极具挑战性，但同样，断绝联系对你来说是一个好的选择。我的一些来访者会在一段时间内暂停与边界破坏者型的家人相处。距离可以带来疗愈，打破旧有的边界模式。之后，如果你决定重新取得联系，你就不会再让他们支配你或者激怒你。毕竟，他们所做的一切实际上都与你无关。

特别是如果你正在与一个自恋的人相处，那么你要做好准备，在你决定彻底结束这段关系时好好应对他的愤怒。要知道，他自以为有权控制你，因此他有可能竭尽全力摧毁你，来宣示对你的主权。你可能需要屏蔽他的电话号码，或者为这段你曾经渴望拥有的感情举行一个小型葬礼，就像它已经死去一样和它永别，然后继续过好自己的生活。无论你做出什么决定，有一件事是肯定的：你无法跟他讲道理，所以不必再做出尝试。

如果你无法离开对方或与其断绝联系，那么格雷·罗克（Gray Rock）的方法（本质上就是让人变得冷静、不易激怒）将帮助你成为一个没那么具有吸引力的目标[1]。边界破坏者会积极寻求你的关注，以填补自己内心的空虚。你的烦躁不安令他们就像猫见到猫薄荷一样兴奋。任何带有情绪的反应都能为他们补充能量。然而，如果你很无聊，他们也会觉得无聊，而这正是你想要的。

贾思敏在等待实施逃跑计划时使用了这种技巧。汤姆回家时常常会冷嘲热讽地说上几句，比如"你今天没穿那条裙子吧"，而贾思敏会尽量用中性的语气回答，"我穿了"。你要像贾思敏一样，无论内心感受如何，都控制住自己，不要流露自己的感情。最终，对方会在其他地方寻找刺激来满足自己。

如果你处于一段无法直接结束的关系之中（比如，你们正在一起抚养孩子），那么你必须首先把情感从你们的交流中剔除。边界破坏者才不关心你的感受。《神奇的话语：如何从自恋者那里得到你想要的》(Magic Words：How to Get What You Want from a Narcissist) 一书的作者林赛·埃利森（Lindsey Ellison）建议，将与自恋者的沟通当作谈一门生意[2]。她有一个方法能够帮助你成功得到你需要的东西，包括了解自恋者的创伤和不安全感（不配得感），以及如何让他们觉得被看见（配得感）。比如，"你能辅导一下约翰尼的科学作业吗？你很擅长解释概念，我想他会收获很大的"。确实，向折磨你的人表达赞美可能很难，但你要记得，这是一门生意。有策略地满足他们的自尊心，进而满足自己的需求。如果你不能控制操纵者，那么至少，跳出权力斗争能够让你保持冷静。

如果你正在和一个危险的人相处，那么我强烈建议你寻求专业帮助来应对自己的处境。最好、最安全的方式是避免猛然地离开，因为边界破坏者有可能让你未来的生活变成人间地狱，来证明自己仍然可以控制你。寻找为家庭暴力受害者提供的资源，谨慎地制定你的离开策略。在某些情况下，格雷·罗克的方法可能比直接下禁令更为可取，因为对于某些掠食者来说，禁令的出现会增加他们的暴力行为。你的安全永远是第一位的，专业人士可以确保你得到保护。

如果你最近刚刚开始与一个可能是边界破坏者的人交往，请尝试对他提出轻微反驳，来进行验证。比如，如果你的新男朋友说："我已经订好了一家意大利餐厅。"不要只是说："太好了！"而是说："其实我想吃日本料理。"边界破坏者控制冲动的能力很差，即使在初期，你也能发现他不满你挑战他。如果你能早点儿发现问题，你就处于更加有利的位置，你可以对自己的边界非常坚定，迅速离开这段关系。

如果你不在早期进行验证，那么你可能陷入一种将顺从性与匹配度相混淆的境地。曾经有一位来访者跟我说，她对自己近乎"完美"的亲密关系并不满意，尽管两个人之间没有什么大的矛盾。用她的话说，她的伴侣对每件事都"非常挑剔"（请阅读与心理操纵相关的内容）。随着我们谈话的进行，她逐渐透露，伴侣安排了他们所有的社交日程，从来没问过她想做什么。事实上，他甚至不知道她喜欢什么。和许多女性一样，她顺从他的安排，因为她不喜欢发生冲突，这让她陷入了一种极度孤独的境地。处于一种基于顺从的关系之中当然令人感到孤独，因为这种关系的特点是一方考虑周全，不停地付出、安抚、让步，以维系和谐。持续的自我抛弃可能是具有毁灭性的。

无论你在一段关系（亲密关系或其他关系）中走了多远，当你决定成为自己的边界主人时，你的体验将开始急剧发生变化。

你的时间很宝贵，如何度过它全由你来决定。如果有边界破坏者冲你恶言相向，你要让他明确知道，你是不会容忍这种行为的。比如："我想向你提出一个要求，你不要再叫我'贱人'或其他带有贬低性的名字了。如果你再这么做，我会立马挂断电话。"边界破坏者会再次侵犯你的边界，关键是要坚守底线。即使感觉不舒服，你也必须贯彻到底，不能容忍破坏性行为的发生。

贾思敏后来借鉴了米歇尔·奥巴马（Michelle Obama）的做法，还根据自己的具体情况进行了优化：当对方能量不高的时候，我们就迅速离开！贾思敏精心策划并采取行动。当汤姆离开时，她安全地将自己的行李从公寓中全部搬走，屏蔽了他的电话和电子邮件，搬到了美国另一端的城市。经过一段时间的疗愈，她努力治愈了自己的童年创伤，以免再次吸引像汤姆这样的人，之后她遇到了一个很好的伴侣，从那之后一直和他在一起。她后来事业有成，书写了一个真正的成功故事，走出了边界灾难，成为真正的边界大师。

如果你正因与边界破坏者纠缠而感到沮丧，那么你要知道，你拥有自由。与自己坦诚相待，不要抛弃自己，做出下一个正确的行动，一步一步来，直到你摆脱困境。

▶ 将掌控边界付诸实践 ◀

小贴士：如果你处于危险之中，请积极寻求帮助。优先考虑自己当下的健康与幸福，谨慎地制订计划来改变自己的处境。

1. **保持觉察。**留意对方言行不一致的地方。边界破坏者可以在言语上非常有说服力，但他们的行动往往会揭示做出改变的真正能力和意愿。

2. **深入挖掘：边界破坏者名单。**在你的冥想空间里舒适地坐好，阅读本书末尾"深入挖掘"中的相关内容，完成"边界破坏者名单"练习。

3. **激发灵感。**应对边界破坏者往往令人筋疲力尽，因此你比以往任何时候都需要优先考虑自我关怀。好好地泡一个奢华药浴，断网24小时，仔细品尝营养丰富的食物，给自己倒上一杯饮料。我在下一章等你。

BOUNDARY
BOSS

第 10 章

常见边界模式：情境与脚本

穿上战衣，迎接边界训练吧！现在是时候深入了解细节，学习一些有效的边界脚本了，你可以将其个性化地应用于任何场景。

在正确的时机使用正确的话语所带来的自由和自我拓展会让你大吃一惊。在本章中，我们将探讨在不同类型的关系中出现的常见边界模式。你可以使用以下建议的脚本，与你的伴侣、老板、母亲、好友，或者咖啡店遇到的陌生人共创对话。随着你对自己的边界技能愈发自信，你会找到属于自己的独特措辞和表达方式。

首先，让我们回顾一下建立边界的过程，来确保你尽可能地获得成功。

使用三阶段策略来有目的地交流

到目前为止，你已经了解了制定主动式边界策略的方法。这意味着你拥有了工具，能够根据对当下情况的理解，以及对与你建立新的边界模式或改变旧有边界模式的人的理解，做出决策。（如果你需要复习一下，请阅读第 6 章的相关内容。）当你表达自己的真实想法时，请记住，语境是一切事情的关键所在。在已经建立的关系中，你已经基本了解对方，知道他怎样才能更好地接收你所传达的信息，但在现实世界中，主动式边界策略并不总是可行的。这就解释了为什么，在任何情境下与任何人建立边界时，三阶段策略（识别—释放—回应）都能成为基本的行为框架。三阶段策略可以帮助你在自己内心澄清一些重要的事情，之后有效地提出请求，表达自己的真实感受，或者让对方知道他已经越界。以下是一些内容回顾。

真诚交谈

你没有义务给每一个人传达什么是健康的边界，然而，建立和保护自己的健康边界是你的责任。

首先，你要**识别**问题所在。你可以通过自己身体的不适来做出判断，比如胃部的紧张感或胸口的压抑感。身体智慧可能反映外部的冲突（比如，跟一个挑剔的朋友相处），但它总会对应着内部的冲突。你的身体智慧是你内置的警报系统，它提醒你，你对正在发生或即将发生的事情感到不适。关注你真实的内心体验，它们可以为你提供重要的信息，帮助你发现问题。

其次，**释放**由旧有伤痛或旧有边界模式所带来的压力。你可能发现自己仍在对过去的伤痛做出反应，尤其是当你感到心烦意乱的时候。你可能还发现，自己会为他人的行为进行合理化，为他们找借口，而不是关注自己的真实感受。请注意，边界侵犯就是边界侵犯，无论对方是否有意伤害你，只要对方的行为让你感到受伤，你就有权在当下说出自己的真实想法。

最后，以一种审慎而清晰的方式做出**回应**。当你知道问题是什么，以及自己想要什么的时候，你就能选择适当的词语来准确地传达自己的观点和感受。如果你感到贝蒂姨妈在问你为什么不生孩子的时候无意冒犯你，那么你可以用一种亲切温柔的语气做出回答，转移话题。比如："目前我还没有考虑这个问题，我们多聊一聊你的事情吧，你最近感觉怎么样？"如果你的同事总是想要打探你的个人隐私，那么你可以更直接地拒绝回答他的问题。比如："嘿，鲍勃，我不太喜欢和别人聊我的个人隐私。"你没有义务告诉每一个人什么是健康的边界，然而，建立和保护自己的健康边界是你的责任。

真诚

交谈

牢记你希望自己能够自信地与人交流，这是处于过度被动和过度激进之间的一个平衡点。

边界脚本入门

学习掌控边界是一个过程，没有什么灵丹妙药能确保它完美执行。以下所给出的工具和脚本可以帮助你搭建基础。挑选适合你的语句，练习它们，敞开心扉，探索更多选择，审慎地、建设性地、真实地做出回应。你将措辞整合得越完整，你所需要考虑的就越少。真实的话语会轻松地（甚至迅速地）从你的嘴里说出来。最终，你会找到自己健康自信的最佳状态，既不过度被动，也不过度激进。

▪ 审视自己真正想要什么

当你开始练习自己新的边界技能时，先暂停一下，看一看自己真正想要的是什么，如果你倾向于自动适应和过度投入，就更是如此。为自己争取更多的时间，来审视当下的情况，弄清楚自己到底想要什么，这是很有帮助的。比如，如果有人要求你同意某件你不确定的事情，你不想立刻做出回应，那么你可以绕着街区走上一圈，或者去卫生间待上 5 分钟。这可能是你所需要的全部时间，来弄清楚自己的感受，以及如何做出回应。

以下是一些为自己争取时间的方法：

- "我需要一点儿时间来整理一下思路。我们能半小时之后再谈吗？"
- "我们能在今天晚些时候再聊这个问题吗？给我一点儿时间想一想这件事。"

经过思考之后，你可以根据具体情境给出明确而不带情绪的拒绝。

- 如果一个朋友想让你参加一场听上去就很痛苦的晚宴，你可以对他说："我就不参加这场晚宴了，但我很愿意改天和你相聚。"
- 如果一位同事想让你帮忙完成一个超出你专业、兴趣、职责范围的项目，你可以对他说："很遗憾，我现在没办法帮你。不过我可以一完成手头的任务，就来看看有什么能帮到你的。"
- 如果有人在路上向你搭讪，你可以对他说："不好意思，我不想参与你的事情。"

◢ 就边界侵犯进行沟通

我的来访者和学生所面临的最大挑战是，不知道如何告诉对方他们已经越界了。通常，如果你能开启一段对话，剩下的事情就会水到渠成。迅速提醒对方你有着怎样的感受、担忧、反对意见，可以防止一个容易纠正的失误或误解演变成更严重的问题。以下是一些基本的开场白，可以帮助你开启一段对话：

- "我想你应该知道……"
- "我想提醒你注意一下。前几天，当……发生时，我感到很不舒服。"
- "我需要分享一下我的体验，我希望你了解我的感受以及我的出发点……"
- "我想让你知道我对刚刚发生的事情的感受……"

我们在第 7 章中介绍过非暴力沟通的四个步骤，可以作为一种常用方法[1]，帮助你在情绪激烈时表达自己遭受了边界侵犯。以下是快速回顾（请阅读第 7 章的相关内容）：

"当我看到……"（观察）

"我感觉到……"（感受）

"因为我对……的需求没有得到满足。"（需求）

"你愿意做……吗？"（请求）

这个过程之所以有效，是因为你没有进行指责、做出评判。你在帮助对方了解你的感受，并告诉对方做出哪些具体行动可以缓解你的不安情绪。

**真诚
交流**

尤其是在一开始的时候，允许自己建立边界，哪怕这个过程有些混乱、有些糟糕，甚至让你筋疲力尽，最重要的是，你要做出行动。

■ 中断三角沟通

三角沟通是一种有害的沟通方式，两个人产生冲突，其中一个人让第三方参与其中，即使这个问题并没有直接影响到第三方。比如，你的姐姐借穿你的白色衬衫，还给你时衬衫上面满是污渍。她觉得你在小题大做。她没有承担起自己的责任，也没有提出要买一件新衬衫还给你，而是向母亲抱怨，让母亲来告诉你你有多么小气。你的姐姐没有勇气当面说你小气，但她暗地里希望母亲这么做。这让人很抓狂，对吧？

三角沟通很常见。它发生在工作场所、朋友之间、家人之间，充斥于八卦消息和闲言碎语之中。但是，仅仅因为它很常见，并不意味着它对包括你在内的所有人来说都是健康的。

你需要做的就是，选择不成为这种有害的三角沟通中的第三方。这也很简单，你可以说：

- "嘿，妈妈，谢谢你的关心。我会直接和贝蒂商量这件事。"

对于喜欢八卦的朋友，你可以这样说：

- "比起谈论贝蒂和她的男朋友，我们有更好的话题可以聊，最近你过得怎么样？"
- "我更想听你讲一讲你的新工作。"

如果有亲戚过来告诉你，你的母亲是在"为你好"，你可以礼貌地制止：

- "谢谢你的关心，贝蒂阿姨。接下来我来处理。"

没有人有权让你违背自己的诚信，即使你过去曾经这样做过。你没有必要受他人的不当行为、无意识行为、不健康行为的影响。

■ 制止不请自来的建议

如果你在与朋友、亲戚、同事分享自己的最近见闻、个人困境，而他们常常很快就不请自来地给出建议，那么你可以在对话的一开始就说出一些限制性语句，来做好准备，比如：

- "我想和你分享一件事，你可不可以只是带着同情之心倾听我？"
- "我想分享一下我的经历，希望你只是倾听，不要提供建议或批评。我会非常感激的。"

如果你在开始对话时没有表明自己的需求，无论是因为忘记了还是你觉得难为情，你之后都可以通过以下方式阻止对方不请自来地给出建议（你知道它们什么时候会出现）：

- "现在我不是在寻求反馈，我希望你能倾听我，给予我同情之心。"

在人际关系中，尤其是在亲密关系中，当对方非常明确地扮演着问题解决的角色时，你可能需要提供更多背景信息，让对方了解你正在努力追求什么：

- "你总是愿意帮助我解决问题，我真的很感动，但我
  现在希望的是，你能倾听我，并相信我能够自己找到
  答案。"

◾ 回避过分好奇的问题

我的很多来访者和学生都觉得，他们有义务解释和回答他人
的问题，即使是在非常细枝末节的方面。实际上，你没有义务
回应对方过分好奇的问题，即使这些问题并没有明显冒犯到你。
你没有必要告诉他人你的个人信息，更没有必要满足他们的好
奇心。

以下是一些回避过分好奇的问题的方法：

- 如果你的暧昧对象问你收入多少，你可以对他说："相
  信我，我的收入离我真正的价值还差得远。"
- 如果你的亲戚询问你感情生活如何，你可以对他说：
  "我现在不想讨论这个问题。我要是有了想要分享的好
  消息，会马上让你知道的。"
- 如果你的同事问你休息日计划做些什么，你可以对他
  说，"鲍勃，我当然要在休息日做些自己的事情啦"，
  或者"你没那么想知道的（眨眼）"。

如果对方继续追问，重复这些回答。根据你们的关系和遭受
边界侵犯的程度，你可以补充说："关于这个问题，我只有这么
多可说的。"

◢ 将焦点从自己身上转移

如果你曾因一个粗鲁的、侵犯性的、不恰当的、攻击性的问题或评论而不知所措，你就会知道那种冻结、无言以对的感受。（是的，这里的"冻结"就是我们在第3章中介绍的战斗—逃跑—冻结的一部分。）之后，你可能会对自己很苛刻，希望自己当时有勇气说些什么。但当冻结发生时，是否有勇气并非问题所在。你的身体只是在保护自己，来应对所感知到的威胁。

心理动力学专家卡西娅·乌尔班尼亚克（Kasia Urbaniak），创立了语言自卫术（Verbal Self-Defense Dojo），她教授学生一种"焦点转移"策略，用来在不适情境中摆脱冻结状态，改变其中的动力关系[2]。它的原理很简单——不回答让你不舒服的问题，而是提出一个问题来作为回应。你可以提出与对方有关的问题（比如，"这和你有什么关系"），或者你可以通过提出另一个问题来转移话题（比如，"你这件衬衫真酷，是从哪里买的"）。

焦点转移之所以有效，是因为它让你不再出现在舞台中心。当你转移话题时，你实际上是在反转局面。乌尔班尼亚克给出了一个例子：如果一位男性同事问你为什么没有孩子，你可以调皮地回答："怎么了？你想要找一个妈妈吗？"

这个例子非常活泼有趣。这种方法的优点是，你可以用任何你觉得合适的方式做出回应。你的提问可以是幽默的、轻松的、狡猾的、严肃的、随意的，全由你来决定。重要的是，通过将对方和他的八卦行为置于聚光灯下，回避粗鲁的、不恰当的问题，你能够重新掌握控制权。

如果有人问你一些过于私人的问题，你可以通过以下方式来转移焦点：

- "你为什么要问这个？"
- "你为什么想知道这个？"
- "你为什么会问我这个？"

无论你是完全改变话题，还是让无礼的提问者尴尬，你都成功地避免了回答不恰当的问题。你太棒了！

◢ 处理隐性的评判

隐性的评判可能会通过一种听起来像在表示帮助和关心的方式来表达，但是如果你的身体智慧开始发挥作用，你就知道这种评判已经侵犯了你的边界。

当朋友、家人或同事发表了粗鲁的评论，然后说"我只是把真相说出来而已"，你可能会倾向于接受他们的话，尽管这让你感到很糟糕。我认为，你不需要这样做。

真诚
交谈

给你提供真正建设性批评的人其实是在支持你。他们关心你，并发起一场沉重的谈话，让你了解一些重要的事情。

如果你尊重这个人，知道他是真诚的，你可能会接受他的反馈。关于你穿错了裙子或你的头发看起来很糟糕之类的评论？这些都没有建设性。

下次如果有人对你说，你的牛仔裤多么丑，或者提醒你多么不会谈恋爱，你可以对他说：

- "我不记得我曾询问你的意见。"
- "你所谓的说出真相，在我看来是在给出一些不请自来的观点和批评。请不要这样做。"

如果你在和一个总是以"只是说出真相"为借口的人相处，不要让自己成为受攻击的对象。比如，你有一个超级负面的朋友跟你说："你剪头发啦？"请不要问他："你喜欢吗？"这是在给他一个机会猛烈地侮辱你。你可以简单地说："是的，我剪了头发。"不要允许任何人用他们的"真相"来攻击你。在你的生活中，你所认为的真相才是最重要的。

宗教信仰常被用作隐性评判的工具。我有一位来访者，她离开了一个宗教团体，但仍会在公共场合遇见现有成员。他们总是说："我们都在为你祈祷。"这里的潜台词是：你在过着错误的人生，我们希望你能够尽快重回正轨。她不能完全忽视他们，但不知道该如何做出回应。我们为她想出了一些转移话题的方法：

- "谢谢。我也在为你们所有人祈祷。"
- "我们需要为彼此祈祷，谢谢你！"

对于批评你或者以其他方式侵犯你边界的人，另一种有效的回应是，把手抬起来，摆成一个停止信号的模样。你没有必要忍受边界侵犯，简单地抬起手就能表达你的态度。

■ 运用肢体语言的力量

肢体语言是我们通过身体行为、手势、面部表情等方式进行沟通的方式。用肢体语言进行交流的过程可能是有意识的，也可能是无意识的；可以是故意为之的，也可以是出自本能的。

无论你是否意识到，你的肢体语言总是在你说话之前就传达出你的意图和态度。它可以加强或削弱你的边界感。为了发挥最大效果，你的肢体语言需要与你期望的结果保持一致。

真诚交谈

你已经教会身边的人以某种方式与你相处，现在根据你对自己的了解，重新训练他们。用你的表达、肢体语言、行为向他们展示。

比如，你健谈的同事喜欢在早上喝咖啡时向你详细讲解自己的约会生活，但你对她主动要讲的故事并不感兴趣。你可以通过低头、将身体转向电脑屏幕，或者看一眼手表，来表现你对她的故事不感兴趣。如果她还是没明白，那么你可以选择更直接地说："早上是我工作效率最高的时候，我真的需要回去工作了。"

当你突然遇到你根本不想碰面的人时，比如前任、之前的朋友、孩子学校里爱管闲事的父母，肢体语言也很重要。要知道，在这种情况下，你的肢体语言就是关键。你可以微笑并点头示意，但继续向前走路。你可以说："嗨！"或者"见到你真好，但我得赶紧走了！"重要的是，你要继续向前走，因为没有什么比不停下来聊天更能说明"我不想停下来聊天"的了。

应对各种边界挑战的对话示例

以下是我从我的来访者和学生那里听到的一些最常见的边界挑战，以及可以应对它们的对话示例。与之前我们所说的一样，如果某个场景不完全符合你的生活或情况，你可以适当借鉴，之后个性化定制自己的回应模板。

◾ 冒犯性评论和行为

- "我不能接受种族歧视性评论。请不要再说了，否则我会立刻走开。"
- "你的评论/触摸/言语让我感到不舒服。请停下来，不然我就得离开这里。"

◾ 挑战底线

- "我的感受/喜好/底线是不容争辩/讨论的。"

◢ 金钱问题

- "贝蒂，你那一半的酒店费用什么时候能给我？"
- "对不起，我不能帮你。我的一贯原则是不借钱给朋友和家人。"

◢ 问题解决

- "我对你的行为感到不满，我很珍视我们之间的关系，因此我需要让你知道我的感受。我希望我们能一起制定双方都满意的解决方案。"

◢ 缓和冲突

- "我们能不能等双方冷静下来后再聊这个话题？"

◢ 提出拒绝

- "我还有其他优先事项要处理，祝愿你最终能够解决这个问题。"
- "你知道，最近正是我工作很忙的时候。因此，很遗憾，我不能帮你举办这个活动了。"
- "对不起，我真的没办法办到。"

◢ 打断讲话

- "我能继续讲完刚刚我所说的事情吗？说完后我会全神贯注地听你讲鲍勃的故事。"

- "当你打断我讲话的时候，我觉得你并没有真正听我讲话。我希望你能停止这样做。"

✎ 伪装成玩笑的被动攻击

- "我觉得这一点儿也不好笑，我不喜欢这样。"
- "嘿，你可能是在开玩笑，但我还是要告诉你，我不喜欢这样，希望你能停下来。"

✎ 针对否定你感受的人

- "我在跟你分享我的感受，而不是寻求你的意见。"
- "我在告诉你我的经历。你不会比我更加了解我的感受。"

✎ 针对试图责怪你的人

- "嘿，鲍勃，我不会对这件事负责的。你要为自己的选择负责，如果你是出于愧疚或义务做出行动，那也是你自己的事。"

✎ 健谈的发型师、按摩师、服务人员

- "我真的很需要一段安静的时间，请不要介意我闭上眼睛休息一会儿。"
- "我想先告诉你一下，我更喜欢安静的按摩。"

◢ 维护自己的喜好

- "我知道你喜欢做计划，但我希望我们能够一起商量见面的时间和地点。"
- "我注意到，当我在说话时，你常常会玩手机。你能把手机放下，陪着我吗？"
- "那个计划真的不适合我。我希望［插入你所期望的计划］。你有什么想法能让我们折中一下吗？"

◢ 针对（需要改变或结束的）不健康的友谊

- "对不起，我不能和你一起吃午餐／吃晚餐／做瑜伽。"（并继续保持无法赴约。）
- "我们之间的争吵似乎多过愉快的相处。这太难了，我想我们应该各走各的路。"

如果对方与你争辩或试图说服你，你可以坚定自己的边界：

- "你说的绝对不适合我。祝你一切顺利。"
- "这段友谊对我来说并不健康。祝你一切顺利。请不要再联系我了。"

◢ 提起过去的不满

出于各种原因，许多人都认为，处理过去的不满存在时效性。我认为这种看法是错误的。尝试让他人看见、听见、尊重你的经历，永远都不算晚。

- "你知道吗，我一直在想我们上个月/去年/1978年夏天一起经历的一件事，我想分享一下我的想法和感受……"
- "我在回想上周发生的事情，对我来说，能够与你分享我的想法和感受是很有意义的……"
- "听着，在发生这件事的时候，我希望我能说些什么，现在它让我感到困扰，因此我想提醒你一下……"

要知道，保持简单和直接是最好的方法。

拥抱真实的自己

归根结底，无论在什么情况下，建立健康边界的能力都与拥抱真实自己的力量有关。说出自己的需求是非常重要的，用肢体语言传达真正的自信同样重要。根据具体情况，你最强大、最有效的举动可以是一个锐利的眼神，仿佛说着："鲍勃，我明白你的意思。但今天不行，你的这些话在我这里永远没用。"

当你的边界技能更为成熟时，你会应对更多困难的边界场景，从练习应对低优先级的人和情况，转向应对高优先级的人和情况。你可能会根据自己的发现逐渐调整 VIP 名单。但要知道，与你建立边界的人最初有所抵抗，这可能是对方的一种边界回撤策略，而不是有意识地或故意地拒绝与你建立边界。你的主动式边界策略将使你脚踏实地，专注于自己的最终目标：被看见、被听见、被理解。"3 个问题"可以帮助你消除过去经历的影响，这样你就能够以一种更有觉察的方式做出回应。三阶段策略可以帮助你识别、释放、回应，使你成为你知道自己可以成为的那种掌控边界的大师。

你之前已经教会身边的人以特定的方式与你相处，现在你正在训练他们以不同的、更好的方式来与你相处，这种方式基于你真实的感受、喜好、愿望、底线。你要用语言告诉他们，也要通过已经改变的肢体语言和行为表现出来。勇敢地拥抱你的真实自我吧。这就是成为边界大师的意义所在。

▶ 将掌控边界付诸实践 ◀

1. **保持觉察**。请注意，你现在仍然处于中间状态。这意味着当你开始建立新的边界时，你会感受到许多情绪。你可能设立了一个限制或者提出了一个直接的请求，然后立刻产生了强烈的撤回冲动（即边界回撤）。给自己至少 48 小时的时间，平复自己的焦虑情绪。

2. **深入探讨：边界升级**。现在你已经掌握了许多工具和语言，是时候利用可视化想象的力量来建立下一个层次的边界了，请阅读本书末尾"深入挖掘"中的相关内容。

第 11 章

掌控边界后的生活

真是太棒了！

现在就停下来，花一点时间来感受，你是多么了不起，你坚持不懈地完成了所有的困难任务，终于走到了这一步。

仔细评估哪些事情不起作用，并（使用三阶段策略和主动式边界策略）迅速建立新的边界模式，做得越多，它们对你来说就会越容易、越自然。跟随这些步骤建立与你内心的真实渴望相一致的生活，这是非常值得的。在你每次选择赋予自己权利时，都举行一个小型的庆祝派对？对的，就要这样做。

现在，是时候进入下一个重要的步骤：庆祝你的努力和成果。正是因为你时时刻刻都把自己的喜好放在首位，坚持自我，清晰地表达自己的底线和愿望，这些每天都在进行的微小行动塑造了你的新常态。

良好掌控边界并非一个线性的过程。还记得那个前进两步，后退一步的故事吗？是的，这是意料之中的事情，你有时候会成功，有时候会失败，但真正重要的是，你在朝着正确的方向前进。为了保持对长期目标的关注，你可以庆祝自己每一次思维方式的转变，无论大小。你刚刚礼貌地拒绝参加老板那可怕的年度盛会，选择窝在家里舒舒服服地看电影？太棒了。你在说"是"之前犹豫了，因为内心有个微弱的声音在说"不"，从而给自己争取了更多时间，优先考虑自己的感受和喜好？太棒了，请自己吃一些冰激凌吧。我真的希望你在每次意识到自己有所选择的时候都庆祝一下。任何让你更接近"有意识地做出自我决定"这一目标的事情，都值得一场赞美，每一个胜利都很重要。

真诚
交谈

庆祝每一次思维方式的转变，无论大小。它们是可持续改变的基石。

练习自我爱护

自我爱护是建立健康边界的一个重要组成部分。然而，对于我认识的很多女性来说，自我爱护是一个模糊的概念。许多人认为这是一种他们没有且永远无法获得的情感。有些人认为，他们的父母或伴侣对他们的态度决定了他们值得被爱的程度，并决定了他们能在多大程度上自我爱护。到目前为止，你已经非常清楚这种逻辑是多么错误了。自我爱护始于你自己，也止于你自己。

真正的自我爱护与其说是一种感受，不如说是一种生活方式。它可以在你自己的行为和选择中体现出来。建立边界是自我爱护的最高表现之一，这就解释了为什么设立限制和建立更健康的关系对于每一天来说都如此重要。如果你刚刚开始健身，你会期望在一周内练出梦寐以求的腹肌吗？还是一旦达到目标就放弃呢？你不会想要这么做的。为了建立健康的边界而学习自我爱护的表达也并非如此。

与其他所有值得做的事情一样，自我爱护也是一个需要努力的过程。它包含你为自己采取的一系列行动。你通过切实的方式越多地自我爱护，你就会越相信自己。当你知道自己能够成为自己的后盾时，生活会变得更加美好。

审视自身：评估你的自我关怀程度

如你所知，良好的自我关怀是成为边界大师的关键一步。请使用以下的清单（你也可以添加你自己的健康习惯项目）来快速了解自己目前的自我关怀程度，以及是否需要做出调整。

□ 我会尽我所能定期锻炼身体。

□ 我有意识地注重饮食健康。

□ 我尽可能把优质的睡眠放在首位。

□ 我保证每天都有充足的水分摄入。

□ 我经常做些让自己开心的事情。

□ 我关注自己的财务状况。

□ 我优先考虑自己的舒适度。

□ 我每天都会花时间平静内心、保持宁静。（比如，练习冥想、做深呼吸、进行能量训练等。）

使用这些信息来进行必要的调整，创建一个值得边界大师拥有的坚定的自我关怀练习！

　　我发现，在我的在线课程和心理咨询实践中，很多女性开始练习自我关怀的目的是改善自己的人际关系，但当她们完成练习时，绝大多数人都觉得自己收获了最为珍视的成果——自我爱护，以及个人自由。这两者简直是天造地设的一对，没有自我爱护作为基础，就不可能获得个人自由。

　　你在过着自己的生活，你自己是最重要的。这与航空公司要求你首先戴好自己的氧气面罩的安全指示相似，原因显而易见。将这个观点应用到你所做的每件事情上。从你早晨醒来的那一刻开始，就想一想如何为自己的一天带来更多的平静、轻松、愉悦。作为冥想的坚定信仰者，我用冥想开启我的每一天。静坐、静心是一种极好的自我关怀行为，你可以定期练习，最好是每天练习。正念可以为你创造更多空间，增进你的觉察。

除了冥想，我还坚信，让自己舒适是自我爱护的核心。舒适是那些微小的感动，它们会影响你的感受，让你时刻感受到快乐。我一次又一次地看到，快乐来自一些非常简单的事情，比如摘下一束鲜花、盖上舒服的毯子，或者在橱柜里装满你最喜欢的茶叶和咸爆米花（以及任何你喜欢的东西）。优先考虑感官快乐是使身体保持稳态的有效方法，因为这些微小的感动会使你活在当下。当你真正活在当下时，你的呼吸会更畅快，你的感受也会更好，你可以根据自己真实的感受、愿望和经历（而不是"心灵地下室"的旧有项目）做出最好的决定。通过做出这些简单的自我关怀行为，你展示的是自我爱护，而不是自私。

你不一定需要非常富有才能关注生活细节。最大的"成本"是你自己的思考，而这是你愿意付出的。像善待他人一样善待自己，体贴他人，这是帮助你成为边界大师的有力方法。

▪ 更加契合内心

当你沿着为自己庆祝和自我爱护的道路前行时，你可能开始重新审视被自己遗忘的旧日梦想。这是一个自然过程。自我抛弃导致了边界灾难，你可能已经花费数年时间，远离那些让你真正感到快乐的兴趣。但是那个充满激情的真实自我（比如热爱绘画或跳舞的那一部分）从未消失，它们只是藏起来了。如果你真实自我的一部分被你否认或隐藏起来，你就不可能感受到充分的自我表达和完全的喜悦。重新发现这些部分会为你带来深刻的满足感和极大的乐趣！

重拾旧日梦想是成为边界大师的一个重要组成部分，在这里你将内在世界与外部世界统一起来。见证许多女性在成为边界大师的旅程中到达这一阶段令人非常兴奋。

通常，在这个过程开始时，来访者会不经意地提到自己很久以前的愿望。有些人喜欢唱歌，有些人喜欢陶艺，有些人一直梦想着写一本小说，或者开办自己的企业，有位来访者非常喜欢空中飞人。不管是多么特别的兴趣，几乎总会有一个否定的声音叫停这些低声的愿望："为了什么？有什么意义呢？我永远不可能在一所体育场里举办演唱会，不可能在画廊举办一场展览，也不可能写出一部登上畅销书排行榜的小说。我会看起来很蠢。我根本做不到这些。"但实际上，你可以做到，而且你一定想要做到。

你正在转变你的思维方式，来唤起自己更多的主观能动性，真正品味无穷无尽的可能性。那么，为什么不去探索那些让你的内心焕发光芒的事物呢？在谈到自己灵魂的渴望时，你不需要附加任何成就来说明自己的某个追求是有价值的。为什么不说——它有价值，是因为你喜欢做呢？为什么不说——当你全身心投入让自己快乐的事情时，你会感觉很好呢？

如果你能改变对自己热爱的事物的看法，你就能够改变自己的生活。你甚至可能拥有全新的梦想，比你曾经想象的更加大胆。当你允许快乐引导自己的行为时，你就给自己带来了更多的快乐。做更多你喜欢的事情，你会收获更高的能量，拥有更多的自我表达，产生更多的快乐激素，成为更加真实的自己，等等。还有什么比这更棒呢？

与他人保持真实的关系

自我庆祝、自我关怀、自我爱护所带来的能量不可估量。当我们活在真实的生活中，做出正确的决定，建立健康的边界时，我们就可以真诚地付出，将我们的神奇力量传递给自己和周围的人，而不是让我们所谓的慷慨散发出焦虑的气息。那神奇的力量是纯粹的，是我们的纯粹魔力。

真诚
交谈

建立边界是自我爱护的最高表现之一。

将你的魔力带到生活中，并不意味着你的生活会变得完美，也并不意味着你再也不会拥有不想付出努力的时刻，或者再也不会陷入边界模式重演的阴影之中。但是，如果你坚持下去，让自我爱护和自我关怀作为日常活动，那么你边界的基石将不会崩塌。你将能够保持自己独有的魔力，重新调整，而不会觉得自己深陷挫折之中，没有前进的道路。相信自己，总有一条路可以前进。

在我自己的边界大师之旅中，我发现了那些"哦，糟糕"时刻，觉察到了我内心深处的大声呼唤，这实际上可以变成深刻的愈合、联结和爱的时刻。几年前，我和我最好的朋友劳拉一起参加了一个座谈会，全程都在听一位当时很有名气的精神导师喋喋不休地说着一些非常傲慢的废话。我发现自己变得非常生气，心想：这个女人真是个爱评判他人的浑蛋。她以为自己是谁？我真是受够了，在她的演讲中途就离开了。

后来，在午餐时，劳拉问我为什么中途离开。我开始变得非常激动，说："她做了许多错误的假设，那个女人根本不了解我！"我继续说，直到劳拉缓缓地靠过来，用最富有同情心的声音对我说："特尔，还有谁不了解你呢？"

哦。我恍然大悟。是我的父亲。

那位演讲者触发了我的一个很久远的敏感点，唤醒了我内在小孩的遗留痛苦。尽管在我父亲去世之前，我已经修复了与他的关系，但我偶尔还是会感到悲伤。我分享这个故事，是因为你可能也会发现，自己在成为一个懂得建立健康边界和充分自我表达的人之后，偶尔还是会感受到童年时的遗憾。

成为边界大师并不意味着你再也不会遇到问题，或者再也不会因童年经历而困扰，但它确实意味着你可以从容应对这些时刻，并利用它们加深你与自己的关系、与他人的关系。我和劳拉进行了一次深入的联结和交流，到谈话结束的时候，我感到自己更加完整了。尊重自己所有的经历并不会减少你的神奇力量，相反，它会让你的魔力成倍增强。

■ 享受保持真实关系的好处

你对自己越真实，也越能与他人保持真实的关系。作为一名良好掌控边界的大师，你会开始觉察到，自己的本能反应（从给你嫂子提出不请自来的建议，到牺牲自己的利益来维持表面和平，再到把他人的需求置于自己之上）并不是那么有用、充满爱意、有必要。当你不再快速给出解决方案，将他人的问题揽到自己身上时，你就能真正看见你面前的那个人，看到他所有的美丽、混乱、人性的闪光点。这也会让你变得更有人情味。当你更加信任自己的内在智慧时，你也会自然而然地相信，他人能够发掘自己的内在智慧。

审视自身：感恩练习

在边界大师之旅中，你一直在挖掘和整合过去的痛苦经历，找出问题所在，以此来促进自我疗愈。与之同样重要的是，你要养成一种习惯，觉察自己当前生活中一切美好的事物。

花一点儿时间，真诚地感激自己生活中的所有经历、人际关系、所到之处。以下是一些例子，你可以根据自己的需要来选取。

- □ 闻到咖啡煮沸、面包烘焙、新割过草坪的香气
- □ 欣赏城市景观、蜂鸟飞过、日落的美丽
- □ 欣赏马勒的音乐、老摩城的歌曲、爱莉安娜·格兰德的动人歌声
- □ 感激那些支持自己、为自己加油、希望自己成功的人
- □ 聆听大海的声音、婴儿的笑声、鸟儿的歌唱
- □ 想一想自己最喜欢的休闲放松之地，比如舒适的床、森林、美丽的公园、冥想空间

有没有感受到什么变化？就我个人而言，每当我想到婴儿的笑声时，我都会感到一阵喜悦。

要知道：你的注意力在哪里，你的能量就在哪里。当你感到情绪低落时，做一做这个练习，来增强自己的感激之情，让自己的心情轻松一点儿。

建立健康的边界不仅是为了让他人看见你、听见你、理解你，也是为了让你与自己生活中的人建立更加紧密的联结。现在你也有能力去看见、听见、理解他们了。没有空间感的关系永远不会令人满意。而双方都能支持和庆祝彼此展现真实自我的关系是深度亲密的、无比珍贵的。

真诚交谈

　　自我爱护的程度为你生活中的所有关系设立了标准，你的目标要高远一些。

让内在自我变得更清晰可以让你从一个新的视角看待他人，以及他们如何施展自己的魔力。我们周围有许多自我关怀、自我爱护、边界大师的典范，多多观察他们有助于你的持续成长和个人发展。当你变得更加健康时，你会开始通过重置的滤镜看待他人的行为，并对那些令身处混乱边界模式的你感到抓狂的事情产生不一样的感受。比如，你孩子幼儿园的老师急于指出，早上8

点之后家长不允许进入教学楼，现在你可能觉得她的表述清晰而直接，并非刻薄（因为你不再深陷"让我们都假装友好"的泥潭）。一个你曾经认为非常冷漠的朋友现在可能会让你感到很有趣，因为童年时期的边界噩梦不再重演。

即使是那些曾让你感到恼怒的人，现在你也会换个角度看待他们。现在你已经把自己放在了第一位，可以理解那些要求更多的朋友"优先自己"的习惯了，它们看起来不再那么令人反感，反而像是边界大师的风格。你可以自信地提议一个更方便见面的地点，然后在与她相处时真正享受她的陪伴，而不是在心里消化怒气，或者事后向他人吐槽。你所转变的视角为那些真诚交流、展现真实自我的人带来了新的理解。现在你更能够欣赏他们了。

改变自己永远不晚

多年前，露易丝·海（Louise Hay）的一次演讲给我带来了许多灵感，她是畅销书《生命的重建》（*You Can Heal Your Life*）的作者，也是海出版社的创始人。她以这样一个问题开始了自己的演讲："在座的有谁觉得，自己现在的生活还没有达到想要的状态？"很多人举起了手。海接着说："我今天只想传达一个观点，那就是永远都为时不晚。"接着，她分享了自己的成就，包括直到 50 岁才完成第一本书《治愈你的身体》（*Heal Your Body*），58 岁才创立海出版社——自助类图书领域的领军企业。只要你想做出真正的成就，那就永远都为时不晚。直到今天，我仍然记得，当时她的话语触动了在场的每一个人，我的内心从恐惧转变为充满希望。离开的时候，我想，也许一切都是最好的安排。

无论你在人生的哪个阶段，一切都是最好的安排。

我希望你能认识到，自己是一个独立的个体，你所做出的选择可以受到这种独特性的启发。真的，你是独一无二的！在各个层面上都是如此。没有人拥有属于你的 DNA，永远不会拥有。如果你有一种预感，觉得你在生活中本该做得更多，那么快来庆祝一下吧！拥抱真实的自己将为你开辟一条不可思议的道路，让你去探索、拥抱、表达自己的伟大。

成为掌控边界的大师是一种给自己力量的选择，它能够改变一切。俗话说得好，别带着遗憾离开这个世界，那只会剥夺你和这个世界见证你独特贡献的机会。我们无法做到既能维持现状，又能加快个人成长。在这一点上，我想我们都能同意，想要维持现状的说法有一些名过其实。

我不知道你会有怎样的想法，但我从未听说过有人临终时说，"我真遗憾，我本该更多地放弃自己和自己的需求的"或者"我真遗憾，我本该再次为了取悦忘恩负义的鲍勃而折腾自己的"。我们总是会对自己没有做过的事情感到遗憾，和一位临终关怀护士聊聊天吧，她们听到了成百上千人的临终遗愿。我记得我听过一个故事，一位患有癌症的女士时日无多，她看了看镜中的自己说："我真遗憾，我不该对自己那么苛刻的。"那一刻，所有她从未探索过的可能性在她眼前闪现。当你基于坚定的自我爱护的立场做出决策时，你的遗憾将降至最低。关键是要知道，你总是有选择的。

在自我爱护和建立健康边界的过程中，你一直在书写自己的脚本。你会选择不去讲述那些自己从未讲过的故事吗？还是让他人来主导你的叙事？重要的是，你认为哪些是自己的故事，哪些故事是珍贵无价的。你的故事只能由你来讲述，在这个世界上没有其他人有幸站在你的立场上，通过你的眼睛来观赏这个疯狂而奇妙的世界。如果你有时因为自己与他人不同而感到自己做错了或者很糟糕，请不要担心，你并非如此。我能够看到你的光芒。仅仅因为你是你，你就已经非常了不起。

真诚
交谈

　　允许自己成为做决定的那个人。

当我们从隐藏自我走向自我庆祝时，我们能够真正地拥有力量。在我看来，真实的自我并不是一成不变的。在你不断探索和发现自己与生俱来的天赋和才能的过程中，你的真实自我需要得到发展和呵护。正如组织心理学家亚当·格兰特（Adam Grant）所说的："我们不必束缚于唯一的真实自我，而是可以尝试新的身份，并让它们成为我们的一部分。我们不必非要忠于自己，而是要忠于我们想要成为的自己。[1]"你可以选择如何尊重自己的真实自我。这种尊重能够让你的更多自我层面发展得更为真实、高尚。这是我们能够为这个世界做出的最大贡献。

如果你对自己能否成为掌控边界的大师有着哪怕一丁点儿的怀疑，我都要明确地告诉你，你能够做到。现在就是属于你的时刻，你可以立即做出改变。

在这本书中，如果你发现了任何有用的内容，都充分利用它们吧。让这些内容为你所用，成为你的财富。其中哪怕有一句话能够令你印象深刻，引导你采取行动或产生思考，帮助你觉察到并减轻了你的痛苦，我的目标就实现了。本书所给出的工具和策略都是基础性的，它们能够在你未来生活中的每个阶段都产生意义。随着你的不断成长和发展，你会对不同的真理产生共鸣。你会看到相同的观念，但随着你的视角不断成熟，它们将不断带来更深层次的意义。

勇敢追求远大的梦想，敢于相信自己的梦想很重要，就像你自己一样重要。相信自己的重要性。看到自己内在的价值，便没有什么困难能够阻挡你。做一个真实的人，根据自己内心最真实的渴望来生活，所产生的影响比你想象的还要深远。

你要允许自己与众不同，常常改变想法，提出拒绝，有时把事情搞砸，放肆大笑，大声歌唱，去微笑，去挑战，去简单地生活。最重要的是，做一个为自己做出决定的人。

你可以做到的，边界大师。

我会一直在这里，像一个狂热粉丝一样为你加油！

▶ 将掌控边界付诸实践 ◀

1. **保持觉察。** 每一次当你尝试边界大师的全新反应或思维转变时，都要庆祝一下。要认可自己的每一个新的尝试。它们可能看起来微不足道，但即使是微小的改变也具有重大的意义。实际上，正是持续的小步前进才能创造出可持续的转变。

2. **深入挖掘：获取更多在线工具。** 现在是一个好时机，你可以舒服地待在你的冥想空间，探索更多的工具、策略、疗愈性的冥想、能量练习。

深入挖掘

本章中的练习对于成为良好掌控边界的大师至关重要。不要跳过这些练习！

每一个练习都可以帮助你整合对掌控边界的理解，并指导你发展必要的技能，将你所学的知识付诸实践。你可以多做一些练习，来加深你的理解，提升你的能力。

第 1 章　走出边界感不清晰的困境

▪ 打造属于自己的冥想空间

构建自己的冥想空间非常简单，你要找到一种适合自己的方式。

1. **挑选一个地方**。你可以选择房间的一个角落，整个房间，或者床头的一个角落。你可以选择任何一个你喜欢的、让你感到舒适的地方。

2. 令其个性化。用一些让你感觉放松或鼓舞的东西来装饰这个地方。比如，一串闪亮的小灯、一支蜡烛、一瓶精油、一块柔软的毯子或靠垫，或者你最喜欢的疗愈石、疗愈水晶。任何你觉得能够滋养和振奋你的东西都是好的。

这是你的冥想空间。构建好之后，你可以常常来到这里反思、记录、进行呼吸练习和冥想，完成你的边界整合练习，就算只是充电几分钟也很好。

你能感觉到自己的灵魂松了一口气吗？

▪ 开始一次冥想

专注的冥想练习可以为你和你的生活创造更多的空间。事实上，它可以为你的人际互动赢得两秒到三秒的响应时间。这个必要的停顿让你能够在考虑后进行回应，而不是直接下意识地做出反应。它有着强大的力量。

- 轻松地开始。首先设立一个静坐 5 分钟的目标。设置一个闹钟。
- 坐下来，点上一支蜡烛，然后深长而缓慢地吸气。
- 使用一个非常简单的梵语口令：so hum，意思是"我是这样的"。吸气时默念 so（"我是"），呼气时哼出 hum（"这样的"）。
- 如果条件允许的话，你可以每天早上一醒来就进行冥想练习。留意一下，当你在日常生活中增加几分钟的静坐和沉思时，会产生什么变化。一旦你适应了这种状态，试着每周增加 1 分钟，直到增加至 20 分钟。

第 2 章　你的边界基线在哪里

▪ 什么可以，什么不可以

在你的冥想空间中集中精力，进行边界练习。拿出你的日记本，记录一下，对自己来说，什么是可以的，什么是不可以的。你越清楚自己喜欢什么、不喜欢什么，就越容易在各个生活领域建立自己想要的边界。

将以下问题作为引导，列出一个草稿清单。你也可以分多次完成这个清单，随时随地进行记录。在深入了解"什么不可以"列表之后，你可能发现，"什么可以"的列表内容会不断增加。努力为你的各个生活领域（包括你的人际关系方面）都创建一个当下的"什么可以，什么不可以"清单。

房间。你希望自己生活的环境是什么样子的？考虑一下噪声水平、光照、氛围、质地、清洁度等。

工作。你喜欢自己现在的工作吗？考虑一下，你与同事的互动，以及物理环境、工作条件、企业文化等。

财务。在财务方面，比如你的支出、储蓄、与伴侣共享的预算、与他人分摊的费用，什么可以，什么不可以？如果你的储蓄很少，你觉得可以吗？你需要在银行里存多少钱才觉得可以？

恋爱与约会。你更喜欢拥有一段长久的亲密关系，还是喜欢轻松地约会恋爱？你喜欢哪种交流方式：发短信、打电话、进行视频通话？你的问题解决方式是怎样的？在一段亲密关系中，你需要和伴侣在一起多长时间，分开多长时间？性行为在何时、何地、和谁进行是可以的？

身体。你现在的身体健康状况是否良好？你是否有每天或每周坚持进行运动的习惯（比如瑜伽、冥想，等等）？

个人空间。你需要多少个人空间？你更喜欢握手还是拥抱？你喜欢的触摸程度如何？对待亲密朋友和爱人与对待陌生人和点头之交之间有什么不同？

信仰和观点。当他人的信仰和观点与你不同时，你能否接受？你会抱着开放的心态倾听对方，还是会做出评判？当他人不赞同你的信仰和观点时，你还能坚定自我吗？你会和对方展开激烈的辩论吗？

个人物品。他人借用你的东西、吃你盘子中的食物，或者向你借钱可以吗？

沟通。你喜欢与朋友、家人、伴侣进行大量的沟通吗？你喜欢深入的探讨还是轻松的闲聊？在你说话的时候，他人可以打断你吗？

社交。你喜欢出去玩，还是喜欢待在家里？你喜欢团体活动，还是更喜欢一对一相处？音乐现场、游行、聚会、酒吧、人群对你来说可以还是不可以？

人际关系。列出目前在你的所有人际关系中正在发生的对你来说不可以的事情。

随着你的边界大师之旅不断前进，你的清单会不断发生变化。要知道：只有你自己知道什么对你来说是可以的，什么是不可以的。你越是尊重自己的清单，就会感觉越有力量、越满足。

第3章 过度承担责任

◆ 情绪劳动评估

使用以下清单，找出在自己的哪些人际关系中有着不平衡的情绪劳动，在哪些方面自己可能承担了分外的工作。

情绪劳动清单

☐ 我经常觉得自己在为所有人做所有事情。

☐ 我希望周围的人能够更多地认可我的付出。

☐ 有时我会感到不堪重负、充满怨气。

☐ 我经常充当人们之间沟通的桥梁。

☐ 如果没有我，什么事情都完不成。

□ 我觉得自己有责任解决他人的问题和困扰。

□ 我的伴侣 / 朋友 / 父母 / 老板经常低估我完成任务所需的时间和精力。

□ 在个人生活和工作方面，我都是解决问题的关键人物。

□ 有时我在与人交往后感到筋疲力尽。

□ 我认为自己是一个高功能性依赖助成者。

□ 我经常觉得，如果想要把事情做好，我自己来做会更容易一些。

□ 有时我会莫名地感到疲惫。

你勾选的选项越多，说明你承担的情绪劳动就越多。

需要考虑的问题

• 你在哪些方面自愿或者实际上承担了分外的情绪劳动？

• 你在哪些生活领域是所有事情的负责人？

• 你的伴侣 / 兄弟姐妹 / 同事在哪些方面是负责人？

列出你目前正在负责的工作，包括情绪上的和身体上的。之后看一看，你可以把哪些任务委派给别人，发起对话，或者从过度投入中抽身出来。创造更多平等的人际关系将减少你的怨气，为你补充能量。

第 4 章　弥合边界信息残缺问题

◾ 了解自己的边界蓝图

这个练习是你成为边界大师之旅的基础。实际上，你在第 4 章"审视自身：你的边界蓝图是什么样子"这一练习中就已经出发。现在，是时候进行更为深入的研究了。

在你的童年时期，你的原生家庭有着特定的人际交往规则，这些规则影响着家庭成员之间以及与外部世界的相互关系。这些规则为你在如今的个人和工作生活中的边界建立奠定了基础，无论是好是坏。

在你的冥想空间中静下心来，阅读以下问题。然后，给自己时间和空间去反思、回忆，在你有着肯定回答的问题上多做一些记录。你可能需要分几次来完成这个练习，让自己的回答和洞见逐渐显现。

- 你是否在一个存在虐待行为、成瘾行为、严格规定、忽视问题的家庭中长大？
- 你的父母 / 照顾者的问题解决能力是否较差？他们是否以敌意、沉默、语言或身体暴力回应冲突？
- 在身体和物质方面，你是否缺乏隐私？（比如，你是否可以关上自己的卧室门？你的东西是个人所有的，还是其他人也可以拿走或使用它们？是否需要得到你的许可？）

- 是否每个人都知道他人在做什么？家庭成员是否过度介入彼此的事务和人际关系？
- 是否有一个或多个家庭成员控制着其他人？
- 当你提出拒绝或者与家庭成员意见不合时，你是否会受到惩罚？
- 你的家庭成员是否认为存在一种"正确"的做事方式，对新的观念或建议的接受度是否很低？
- 当你的想法和感受与整个家庭不同时，是否无人鼓励你分享它们？
- 大家是否鼓励、奖励你成为一个"乖巧"的女孩？这种乖巧包括顺从、随和、讲礼貌、友善。
- 你是否经常得到不请自来的建议或批评？
- 你的情感需求或生理需求是否常常遭受忽视？

通过对自己做出肯定回答的问题进行更为深入的反思，你将更加了解自己的家庭成员如何与彼此相处、如何与外部世界相处。构建一个详细的边界蓝图，它将引导你走过余下的边界大师之旅。

第 5 章　消除限制性信念

■ 怨恨清单

只有你自己可以摆脱新旧怨恨的有毒囚禁。觉察到自己的怨恨是放下它们的第一步。以下的快速自我评估工具可以帮助你了解自己的感受和需求。阅读以下问题并列出你的答案。之后，你可以做出决定，看看自己是否需要采取行动。

- 你现在对什么事情感到怨恨？
- 你在哪些方面感到不安、受伤、遭受忽视？
- 是否仍有一些过去的事情让你心存怨恨？

如果你仍然背负着对过去的怨恨，你可以把它们写下来，留作一封永远不会寄出的信，或者在适当的情况下，直接与当事人进行对话，来表达自己的感受。对自己的不满表示尊重是边界大师展现真我的方式。这个练习是为了解放你自己，而不是为了原谅或纵容他人的行为。

第 6 章　用三阶段策略建立新的行为模式

▪ 了解自己的喜好、愿望和底线

在你的边界大师之旅中，现在是最佳的时刻，来对你的喜好、愿望和底线进行详细的区分。

回顾你之前创建的"什么可以，什么不可以"清单（参见"深入挖掘"中第 2 章的相关内容），根据你对其中项目的不同感受对其进行分类，某件事对你来说是一种喜好（很高兴做）、一种底线（不能做），还是一种愿望（介于两者之间）？

要知道，对于自己的需求，你自己是最高权威。你的感受不需要经过任何人的允许。回顾一下你的"什么可以，什么不可以"清单，关注自己的喜好、愿望、底线，明确哪些地方有让步的空间（喜好），哪些地方不能也无法让步（底线）。

✒ 不再源自妈妈的肯定

肯定是一种可以影响一个人的自尊、压力水平、行为的个人陈述。你可能没有意识到，消极的自我谈话也是一种肯定，但它肯定的是你不想要的东西，比如混乱的边界。

相反，有意识地选择积极的肯定，能够帮助你提高自尊，减轻压力，并重新训练你的潜意识（这很重要，因为你的潜意识会影响你的行为）。这将帮助你专注于你想要的东西，而不是你害怕的东西，或者你已经习惯期望的东西。

从对自己、对自己的生活、对这个世界说一些积极的话开始，每天进行复述。创建你的肯定表述清单：

- 使用第一人称书写（使用"我"）。
- 使用现在时。
- 只使用积极的陈述。表达将要成真的事情，而不是不会成真的事情。比如，不要说"我不再每天感到筋疲力尽"，这是一种消极的肯定，而应该反过来说"我每天都感觉越来越有活力"。
- 保持语句简短。

- 让它对你产生情感意义；你要感觉这些话让你很舒服。
- 在进行肯定表述之前，感受与之相关的真实感受。

可供你借鉴的肯定表述示例：

- 我无条件地爱自己。
- 我轻松而优雅地表达自己的喜好、愿望、底线。
- 我善待自己，也体谅他人。
- 我每天都把自己的快乐放在首位。
- 保持平静和放松是一件很容易的事情。

当你留意到消极的自我谈话或基于恐惧的陈述在自己的脑海中回荡时，慢慢地将自己带回积极的肯定之中，并体会与之相关的真实感受。要知道，文字是有翅膀和创造力的，它们可以飞翔，能够让事情流动起来。以你想要的方式来谈论自己、自己的生活、自己的未来。

你还可以在日常生活中使用一些更为常用的肯定表述。比如：

- 一切都能轻松顺利地进行。
- 我总是有足够的时间。
- 我总是能有贵人相助。
- 我感到非常富足。
- 我的所有需求都能轻松得到满足。
- 我被爱着。
- 我很珍贵。

- 我对所有的祝福都心存感激。

有意识地使用积极肯定的表述能够增强你向外界释放的积极信号，从而对你的体验产生积极的影响。这是利用你意念的惊人力量来创造充实生活的方法之一。

第 7 章 主动建立边界感

■ 真诚的沟通

许多人都觉得，说一些善意的谎言来回避冲突无伤大雅。然而，对于边界大师来说，情况并非如此，特别是在高优先级的关系之中。半真半假，隐瞒信息，为了维持和谐而容忍他人的欺瞒行为，这些都会削弱你的个人力量，影响你构建健康的边界。

请勾选令你产生共鸣的行为，来评估你当前与人真诚沟通的程度：

☐ 为了避免不适，我说出了一些自己并不真正认同的话，比如接受一个我根本无意参加的活动邀请。

☐ 我有时候会说些善意的谎言来回避冲突。比如，我可能会躲避一个挑剔的朋友的邀请，或者说我正在吃晚饭，其实我并没有。

☐ 我倾向于恭维他人，来控制局势。

☐ 我总是违背对自己的承诺和对他人的承诺。

□ 我经常在背后吐槽朋友，但很少当面表达不满。
□ 当有人在我面前八卦、讲冒犯性笑话、发表歧视言论时，
我通常会保持沉默，而不是直接表达我的不适。
□ 即使我知道某人在撒谎或者没有信守诺言，我也很少与他
们当面对质。
□ 我经常为他人的不良行为找借口，而不会直接指出问题。

你勾选的答案反映了你缺乏与人真诚沟通的一些方面。现在，从其中选择三四个选项，写下每件事发生在什么地方、什么时候、和谁在一起，以及互动后你的感受。

你从中了解到自己的哪些行为模式？利用这些知识，在下一次做出不同的选择，这样你就可以像天生的边界大师一样，更有觉察地进行真诚的沟通。

第 8 章　改变开始真实发生

▪ 悼念过去

学习掌控边界的过程往往让人想起失望和痛苦的童年经历。为了尊重和释放它们，我们需要接受它们本来的样子，并以我们希望的样子来悼念它们。诚实地面对童年的遗憾，不指责、不评判，这将为你现在的生活带来更多满足和快乐。

请按照以下三个步骤进行：

1. 找出你童年的遗憾之事，尊重它的存在。

2. 写下实际发生了什么，以及你希望它本来是什么样子的。具体描述你的感受，并对你自己和你的痛苦表示同情。你也可以与一位富有同情心的朋友或者专业人士分享你写下的内容，请他们共同见证。

3. 现在，撕下你所写下的那一页内容，在你的水池、花园或任何安全的地方点燃它。这个点燃仪式可以成为释放遗憾情绪的一种有力方式。（如果你无法安全地燃烧它，你也可以把它撕碎。）

第9章　摆脱边界破坏者

▪ 边界破坏者名单

如果你正在与边界破坏者苦苦纠缠，那么增进对面前这个人的了解是很重要的。第一步是对他的行为进行盘点，包括操纵策略、侵犯他人边界的历史，以及自己与这个人的联系是强制性的还是自愿的。

这个练习可能会激发你强烈的情感。请对自己温柔一些，以富有同情心的观察者身份来进行。

请按照以下步骤收集边界破坏者的信息，每次只收集一个人的信息。

1. 人物：家人、朋友、恋人、兄弟姐妹、老板、同事，等等。

2. 行为：消极的攻击式沟通、煤气灯效应、任何形式的虐待、成瘾行为、爱情轰炸、不诚实、_____（添加更多）。

3. 影响：恐惧、焦虑、怨恨、疲惫、自尊下降、财务损失、_____（添加更多）。

4. 关系：低优先级、高优先级、强制性（比如共同抚养子女）。

一旦确定正在产生影响的关系模式，你就处在一个更有利的位置，来制定策略，并最终取得成功。如果你想要制订下一步的行动计划，请返回前文，阅读第 9 章中的相关内容。

第 10 章　常见边界模式：情境与脚本

▪ 边界升级

现在你已经掌握了许多工具（主动式边界策略、三阶段策略、脚本），你可以将你的边界技能付诸实践，将可视化想象技术加入自己的工具包，来进一步构建自己边界大师的生活。可视化想象技术可以帮助你摆脱旧有的生活方式，让你在事情发生之前就与期望的结果、感受建立联结。这有助于将它们变为现实。允许你自己和你的感官超越当前你所认知的现状，想象一下你所渴望的东西变为现实。尽可能详细地想象和感受具有力量的边界对话。

根据以下三个步骤建立下一个层次的边界。

1. **看到它**。在脑海中想象自己参加一个重要的会议/谈判/年度评估。不要把注意力集中在你担心会发生的事情上（比如，你会呆若木鸡、同意对自己不利的协议、感到羞辱）。相反，关注自己希望发生的事情。无论结果如何，在你的想象中，你自己是强大的，能言善辩、充满力量。

2. **说出来**。积极向上地说出自己的想法、愿望、潜力（比如，与其说"我希望我不会结结巴巴的"，不如说"我相信我值得加薪，我的谈判会很轻松"。）。

3. **感受它**。轻轻闭上眼睛，深吸一口气。将你可视化想象的画面保持住。接下来，运用你所有的感官，唤起当你实际体验这一想象场景时的感受（比如，房间温度适中，椅子舒适，你放松而自信，真诚而自信地讲话，为争取自己应得的利益而感到自豪）。

你可以将这种可视化想象技术应用于任何情境之中。如果你一直坚持这样做，它将深刻而积极地影响你，增强你的边界技能。每天早上花五分钟进行这个练习，来获得来自意念的惊人力量。

致　谢

这本书的完成离不开我的整个团队的有力支持，我深表感激。

我要感谢我的挚爱，维克多·尤哈斯，感谢你所付出的无尽耐心和艺术性的建议。在过去的一年里，你几乎包揽了一切事务，包括购物、烹饪、洗衣、加油打气、运用幽默帮我解压，等等。在我们在一起的24年中，你始终以性感、幽默、慷慨和忠诚的态度对待我。你是我最爱的人。

我要感谢我们已经成年的儿子马克斯、亚历克斯和本，以及你们美好而善良的家人，你们激励我努力成为最健康的自己，并理解我因为写作而缺席你们的生活。我非常爱你们。

感谢我的妈妈简·科尔和我的姐姐们塔米·罗斯坦（Tammi Rothstein）、金伯利·爱泼斯坦（Kimberly Epstein）、凯西·休斯（Kathy Hughes），感谢你们让我感受到姐妹情谊的力量，以及参加舞会的快乐。

感谢我的家人以及我多年的好友：唐娜·麦凯（Donna

McKay)、卡丽·戈德斯基（Carrie Godesky）、艾琳·马蒂尔（Ilene Martire）、凯茜·麦克莫罗（Cathy McMorrow）、莫林·安布罗斯（Maureen Ambrose）和丹尼斯·佩里诺（Denise Perrino），感谢你们50年来一直在我身边，并允许我在过去的3年里不断地讨论边界话题。

我感到非常幸运，能有这么多支持我、鼓舞我的朋友，祝福你们：劳拉·里吉奥（Lara Riggio）、乔安·格温（JoAnn Gwynn）、帕蒂·鲍尔斯（Patty Powers）、丹妮尔·拉波特（Danielle LaPorte）、克里斯·卡尔（Kris Carr）、凯特·诺斯鲁普（Kate Northrup）、黛比·菲利普斯（Debbie Phillips）、艾米·波特菲尔德（Amy Porterfield）、克里斯蒂娜·拉斯穆森（Christina Rasmussen）、克里斯汀·古铁雷斯（Christine Gutierrez）、杰西卡·奥特纳（Jessica Ortner）、朱莉·伊森（Julie Eason）、大卫吉（Davidji）、黛布·科恩（Deb Kern）、加比·伯恩斯坦（Gabby Bernstein）、蕾切尔·弗莱德森（Richelle Fredson）、丹妮尔·维思（Danielle Vieth）、莱瑟姆·托马斯（Latham Thomas）、伊丽莎白·迪亚托（Elizabeth Dialto）、苏西·贝尔森（Suzie Baleson）、卡罗尔·格莱斯顿（Carole Gladstone）和泰伦·罗斯坦（Taryn Rothstein）。

感谢我挚爱的 TC 团队在过去的一年里慷慨地分担了我的工作。特别感谢特雷西·沙勒布瓦（Tracey Charlebois），感谢你的"策划魔法"以及无尽的耐心和善意。感谢我的得力助手乔伊斯·尤哈斯（Joyce Juhasz），感谢你帮助我保持理智和条理，感谢你总能时刻关注每个细节，直到最后一刻。感谢我的朋友，设计师韦恩·菲克（Wayne Fick）优秀的视觉传达艺术，感谢你为本书设计了完美的封面。

感谢我值得信赖的朋友，合作者苏珊娜·吉列特（Suzanne Guillette），感谢你来参加我们的周末会议，这个会议后来变成了一场为期 3 个月的写作马拉松。没有你，这一切都不会发生。

感谢我的文学经纪人斯蒂芬妮·塔德（Stephanie Tade），在我觉得自己能成为作家之前就认定了我，并耐心等待了我 10 年。

感谢 Sounds True 出版社每一位辛勤工作的人。特别感谢联合出版人雅伊梅·施瓦尔布（Jaime Schwalb），感谢你的指导、耐心和善意，你鼓励我将我的独特视角带入本书。感谢我的发行编辑乔丽·汉恩（Joelle Hann），你的洞察力和文采使我的文字更流畅、更优雅。感谢副采编编辑阿纳斯塔西娅·佩洛肖（Anastasia Pellouchoud），感谢你"发掘"了我，带我来到 Sounds True 出版社。

注　释

引言

1. from Harriet B. Braiker in *The Disease to Please* (New York: McGraw-Hill, 2001), 1.

第 1 章　走出边界感不清晰的困境

1. from Richard Bach in *Illusions*: *The Adventures of a Reluctant Messiah* (London: Cornerstone, 2001), 60.

2. from Marianne Williamson in *The Age of Miracles*: *Embracing the New Midlife* (Australia: Hay House, 2013), 9.

第 2 章　你的边界基线在哪里

1. from E. J. R. David in " Internalized Oppression: We Need to Stop Hating Ourselves, " at psychologytoday.com (September 30, 2015), accessed July 13, 2020.

2. from Sandra E. Garcia in " The Woman Who Created #MeToo Long Before Hashtags, " at nytimes.com (October 20, 2017), accessed January 2020.

3. from Maya Salam in "A Record 117 Women Won Office, Reshaping America's Leadership," at nytimes.com (November 7, 2018), accessed January 2020.

4. from Davidji in *Sacred Powers: The Five Secrets to Awakening Transformation* (Carlsbad, CA: Hay House, 2017), 6.

第3章 过度承担责任

1. from Harriet Lerner in *The Dance of Anger: A Woman's Guide to Changing the Patterns of Intimate Relationships* (New York: Harper Collins, 1993), 7.

2. from Julie Beck in "The Concept Creep of 'Emotional Labor,'" at theatlantic.com (November 26, 2018), accessed March 2020.

3. from Julie Compton in "What Is Emotional Labor? 7 Steps to Sharing the Burden in Marriage," at nbcnews.com (November 9, 2018), accessed March 2020.

4. from "Fight, Flight, Freeze," at anxietycanada.com, accessed April 2020.

5. from Harper West in "How the Fight-or-Flight Response Affects Emotional Health," at harperwest.co (December 18, 2017), accessed Mach 2020.

6. from "Understanding the Stress Response," at health.harvard.edu (March 2011), accessed March 2020.

7. from William Blake in *The Marriage of Heaven and Hell* (1793), Google Books edition, accessed March 2020.

8. from the University of New Mexico's Women's Studies Syllabus, Fall 2003, at unm.edu/~erbaugh/Wmst200fall03/bios/Lorde.htm, accessed April 15, 2020.

第 4 章 弥合边界信息残缺问题

1. from Louise L. Hay in *You Can Heal Your Life* (Carlsbad, CA: Hay House, 1984), 3.

第 5 章 消除限制性信念

1. from Don Miguel Ruiz in *The Four Agreements* (California: Amber-Allen Publishing, 1997), 38.

2. from John A. Johnson in " Agreeing with the Four Agreements, " at psychologytoday.com (December 29, 2010), accessed April 2020.

3. from Kristi A. DeName in " Repetition Compulsion: Why Do We Repeat the Past?" at psychcentral.com/blog (July 8, 2018), accessed April 2020.

第 6 章 用三阶段策略建立新的行为模式

1. from Melinda T. Owens and Kimberly D. Tanner in " Teaching as Brain Changing: Exploring Connections between Neuroscience and Innovative Teaching, " CBE Life Sciences Education (Summer 2017), at lifescied.org, accessed March 14, 2020.

第 7 章 主动建立边界感

1. from Davidji in " Change Is Breath Meditation Metta Moment, " at davidji. com (November 5, 2019), accessed April 2020.

2. from Harriet Lerner in " Coping With Countermoves, " at psychologytoday. com (December 20, 2010), accessed April 2020.

3. from Marshall B. Rosenberg and Arun Gandhi in *Nonviolent Communi-*

cation: *A Language of Life*: *Create Your Life, Your Relationships, and Your World in Harmony with Your Values* (Encinitas, CA: PuddleDancer Press, 2003).

4. from David Rock in " New Study Shows Humans Are on Autopilot Nearly Half the Time, " at psychologytoday.com (November 14, 2010), accessed March 2020.

第 8 章　改变开始真实发生

1. from Susan Peabody in " Toxic Guilt, " at thefix.com (April 27, 2018), accessed April 2020.

2. from Lara Riggio in " How to Tap Out Negative Thoughts, and Focus Your Energy on What You Want Instead," at larariggio.com, accessed April 2020.

3. from Brené Brown in " Listening to Shame, " a TED Talk filmed in March 2012, at ted.com, accessed April 2020.

4. from Madhuleena Roy Chowdhury in " Kristin Neff and Her Work on Self-Compassion," at positivepsychology.com (October 25, 2019), accessed April 2020.

第 9 章　摆脱边界破坏者

1. from Darlene Lancer in " The Price and Payoff of a Gray Rock Strategy," at psychologytoday.com (November 4, 2019), accessed April 2020.

2. from Lindsey Ellison in *Magic Words*: *How to Get What You Want from a Narcissist* (Toronto, Ont.: Hasmark Publishing, 2018).

第 10 章 常见边界模式：情境与脚本

1. from Marshall B. Rosenberg's "The 4-Part Nonviolent Communication Process" (PDF), at nonviolentcommunication.com, accessed April 18, 2020.

2. from kasiaurbaniak.com, accessed April 18, 2020.

第 11 章 掌控边界后的生活

1. from Adam Grant in "Authenticity Is a Double-Edged Sword," at ted.com/podcasts/worklife, accessed April 10, 2020.

人际沟通

《他人的力量：如何寻求受益一生的人际关系》

作者：[美] 亨利·克劳德 译者：邹东

畅销书《过犹不及》作者、心理学博士和领导力专家亨利·克劳德新作，书中提出一个科学理念：人们若想抵达更高层次，实现理想的生活状态，百分之百需要依靠人际关系——你相信谁，你如何与人相处，你从他身上学到什么。

《学会沟通：全面沟通技能手册 (原书第4版)》

作者：[美] 马修·麦凯 等 译者：王正林

一本书掌握全场景沟通技能，用心理学原理破解沟通难题，用"好好说话"取代"无效沟通"。

《你为什么不道歉》

作者：[美] 哈丽特·勒纳 译者：毕崇毅

道歉是一种重要的人际沟通方式、情感疗愈方式、问题解决方式。美国备受尊敬的女性心理学家20多年深入研究，教会我们善用道歉修复和巩固人际关系。中国知名心理学家张海音、施琪嘉、李孟潮、张沛超联袂推荐。

《自信表达：如何在沟通中从容做自己》

作者：[加] 兰迪·帕特森 译者：方旭燕 张媛

沟通效率最高的表达方式；兼具科学性和操作性的自信表达训练手册；有效逆转沟通中的不平等局面，展现更真实的自己。

《人际关系：职业发展与个人成功心理学 (原书第10版)》

作者：[美] 安德鲁·J.杜布林 译者：姚翔 陆昌勤 等

畅销美国30年的人际关系书；最受美国大学生欢迎的人际关系课；美国著名心理学家、人际关系专家安德鲁·J.杜布林将帮你有效提升工作场所和生活中的人际关系质量。

更多>>> 《给人好印象的秘诀：如何让别人信任你、喜欢你、帮助你》 作者：[美] 海蒂·格兰特·霍尔沃森
《杠杆说服力：52个渗透潜意识的心理影响法则》 作者：[美] 凯文·霍根